宋·陳與義 撰

簡齋集

中國書店

詳校官候補主事臣郭在逵

臣紀昀覆勘

欽定四庫全書　　集部四

簡齋集　　別集類三　南宋

提要

臣等謹案簡齋集十六卷宋陳與義撰與義字去非洛陽人簡齋其號也官至參知政事事迹具宋史本傳集本十四卷第十五卷為附録外集前後載賦及雜文僅九篇餘皆詩詞當靖康以後北宋詩人如蘇軾黄庭堅陳

師道等皆凋零已盡惟與義爲文章宿老歸
然獨存其詩風格遒上時見剗削刻露之致
當代罕能過之方回瀛奎律髓以杜甫爲一
祖而以黃庭堅陳師道及與義爲三宗雖門
户之見主持太過要亦非盡構虚詞也初與
義嘗作墨梅詩見知于徽宗其後有客子光
陰詩卷裏杏花消息雨聲中句亦爲高宗所
賞紹興中遂至執政在南宋詩人之中最爲

顯達然皆非其傑構至于湖南流落之餘汴
京板蕩以後感時撫事慷慨激越而寄託遥
深乃往往實過古人故劉克莊謂第其品格
當在諸家之上其表姪張嵲爲作墓誌云公
詩體物寓興清邃超特紆餘閎肆高舉横厲
可謂善于形容至以陶謝韋柳擬之則殊不
甚似溯其源流終自江西而來特天分絶高
善于變化故卓然自成一家耳乾隆四十九

年閏三月恭校上

總纂官臣紀昀臣陸錫熊臣孫士毅

總校官臣陸費墀

簡齋集原序

詩無論拙惡忌矜持瞻彼日月不在情景入元彼黍離離不分奇闢異事流盪自然要于暢極而止彼訏謨定命遠猶辰告雖為德人深致若論其感發濃至故不如昔我往矣楊柳依依之句比之柔腸易斷復何以學問著力為哉詩至晚唐已厭至近年江湖又厭謂雲和易如流殆於不可莊語而學問為無用也荊公妥帖排奡時出經史然體格如一及黃太史矯然特出新意真欲

鉞用萬卷與李杜爭能于一辭一字之頃其極至寡情少恩如法家者流余嘗謂晉人語言使一用為詩皆當掩出古今無他真故也世間用事之妙韓淮陰所謂是在兵法諸君未知者豈可以馬尾而數蟲魚而注哉后山自謂黃出理實勝黃其陳言妙語乃可稱破萬卷者然外枯槁又如息夫人絶世一笑自難惟陳簡齋以后山體用后山望之蒼然而光景明麗肌骨勻稱古稱陶公用兵得法外意以簡齋視陳黃節制亮無不及則后

山視簡齋刻削尚似矜持未盡去也吾執鞭古人豈敢云獨為簡齋放言或問宋詩簡齋至矣畢竟比坡公何如曰詩道如花論高品則色不如香論逼真則香不如色廬陵須溪劉辰翁序

欽定四庫全書

簡齋集卷一

宋 陳與義 撰

賦

覺心畫山水賦

天寧堂中黄面老禪四海無人碧眼視天有一居士山澤之仙結三生之習氣口不停乎説山聊寄答於一笑夜乃夢乎其間重巖複嶺虧蔽吐吞紛應接其未了萬

雲忽兮歸屯亂晦明於俄頃存十二之峯巒有木偃蹇
樵斤所難飽千霜與百霆根不動而意安澹山椒之落
日送萬古以無言彼棲鳥其何知方相急而破烟須臾
變滅所見惟壁有木工座夢中侍側問工座以何見曰
不能於嘖嘖豈彼口之真無悟前境之非實管城子在
旁代對以臆忽風雨之驟過恍向來之所歷此其畫耶
則草木禽鳥皆似相識抑猶夢耶則已見圖於筆墨之
迹矣居士再至問以此故復寄答于一笑持畫疾去

玉延賦

吾聞陽公之田不墾不耕爰播盈斗可獲連城資陰陽之淑氣孕天地之至精蜿蜒赤埴之腴煌爗白虹之英鷲山木之潤發昌朝采之餘榮逮百嘉之澤盡候此玉之豐成王公大人方以不貪為寶辭秦玉而陋楚珩雖三獻其奚售乃舉贄於老生老生囊中之法未試腹内之雷久鳴搴石鼎而自濯揞豕腹之彭亨春江浩其波濤遠壑颯以松聲俄白雲之漲谷亂雙眼於晦明擅人

闇之三絶色味勝而香清捧盃盂而笑領映牖戸之新
晴斥去嬾殘之芋盡棄接輿之菁收奇勲於景刻七未
落而體輕凌厲八仙掃除三彭見蓬萊之夷路接閶闔
於初程彼徇華之大夫含三生之宿酲汙之以蜂蜜辱
之以羊羮合嘗逸少之炙同傳孝儀之鯖歎超然之至
味乃陸沈於聾盲豈皆能於我遇亦或鄰而或烹起援
筆而三叫驅蛇蚓以縱横吾何與大夫之迷疾蓋以慰
此玉之不平也

放魚賦

仲冬良日二客過予請觀魚於竇氏之陂攝衣而興從容徃嬉日澹寒郊木影陸離顧道旁之洫異於他日浩如潮之方溢客曰是殆水師不仁將平地以盡魚空其池而寓之斯也至則水不膚寸矣而百萬之鱗瀺灂聲沸金橫玉偃失據狼狽赤手下捕易若拾塊翻倒窟穴不遺細碎問其所以得取則輸金錢以買諸竇氏噫嘻是魚之愛其生與我無異也奈何使充物之性命帶嶮

喝而就臠割纔以易一朝之費彼任公子雖永負於一魚而淛河以東蒼梧以北皆歌舞其賜則乘除而逆計之其得失有以相濟也聊解我衣救爾戢戢爰得數斗護以微濕豈不指動易生相急將逸爾於隋溝資淮海以供給己趣湯而幸見赦同伏鑕而偶不及其亦知遇我之不可常而教魴鱮以慎出入也僮奴笑曰美則美矣抑此賜不終夫巢梁之禽智困深叢草秀巖下出山不豐是魚安樂於止水之淵久矣而一旦掇之衝沙走

石之流亦鱗敗鰭折未十里而取窮耳不虞生異使我
辭索遂用其言脫魚再厄步驛門而左轉得渺然之平
澤其深黛黑其淺鑑白窮源委而四顧知吾輩之責塞
罄一瀉而莫留亂藻荇之寒碧乍圍圍以洋洋忽四散
而莫迹異乾魚之還鄉類羣鱷之徙宅念宇宙之偉事
或偶成於戲劇豈特爲今日之一快吾將候風雷於他
夕也衆客欣然三遶而退歸泚我筆以記斯會庶幾賓
氏子聞之爲來歲之戒

銘

研銘

無住庵老居士紫玉池娛晚歲不出庵書誦偈誰使之踐朝市入承明司帝制如眢井久不治百尺泉來莫冀古之人輕百計惟出處不敢易嗟已晚覺非是勒斯銘戒後世

書堂石室銘

巍巍仁祖軼堯邁禹揆厥所因中外有人有懷周公聽

明正直推原厥本功在石室仁祖在天公在列星石室

在茲公實臨之咨爾山鬼護而勿失咨爾裔孫肅茲草

木後有興者無媿茲石

贊

以玉剛卯為向伯恭生朝贊

仲冬吉日風穆氣休我出剛卯以壽元侯祝融之玉色

比離方元侯佩之如玉之剛攘除厲凶以迎明王南門

不鍵有室則强三肅元侯既贈既禱昌其報我當以剛

夘

甘泉吾使君畫史作簡齋居士像居士見之大笑

如洞山過水覩影時也戲書三十二字

兩眉軒昂厥像如寄而服如此又不離世鑑中壁上處

處皆是簡齋雖傳文殊無二

記

頤軒記

余客汝州識治獄掾陳德潤與之語肺肝無溪壑也奔

走百僚之底未嘗一日有息容後官太學而其弟道醇
肆業焉官學萬里貧不振天子幸學官之澹然不色喜
余以是媿其兄弟道醇間語曰我又有隱居不仕之兄
廬西山之下其燕居所牓之曰頤軒前崖岫之嶒峷後
礀壑之琮琤烟雲草木晦明寒暑出天地之奇變以娛
軒中之人世之得喪利害無所經其懷我與汝州掾心
不能忘也余面贊之曰鍾皓有兄不仕皓亦逡巡難進
居官有闡何點樓遁求志而其子弟遺進退之節後世

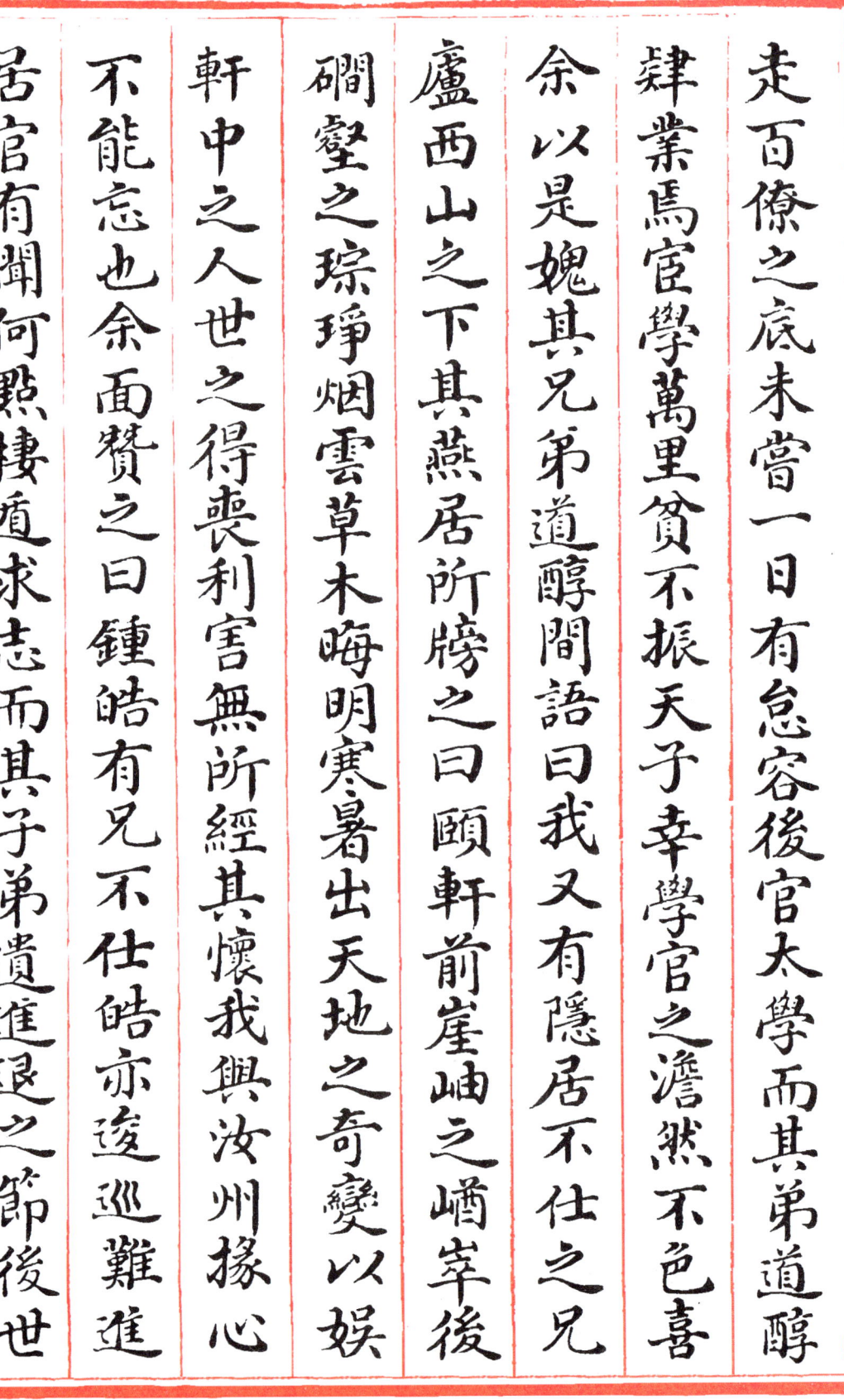

莫訾焉而今而後知二子之師友不在他在頤軒爾於其歸也申以告之曰大丈夫用世非難也無媿子頤軒之兄為難也其亦告子頤軒之兄不仕非難也行義風烈有聞於鄉里無媿乎前之山後之澗為難也古之君子居也其仕也其道一也而已二子方將為軒冕所縻異日風績振耀而用舍行藏可觀可紀則頤軒之進德亦可占矣道醇曰是益頤軒之記盡書之乃錄大略使歸書之其壁且以告德潤云洛陽陳去非記

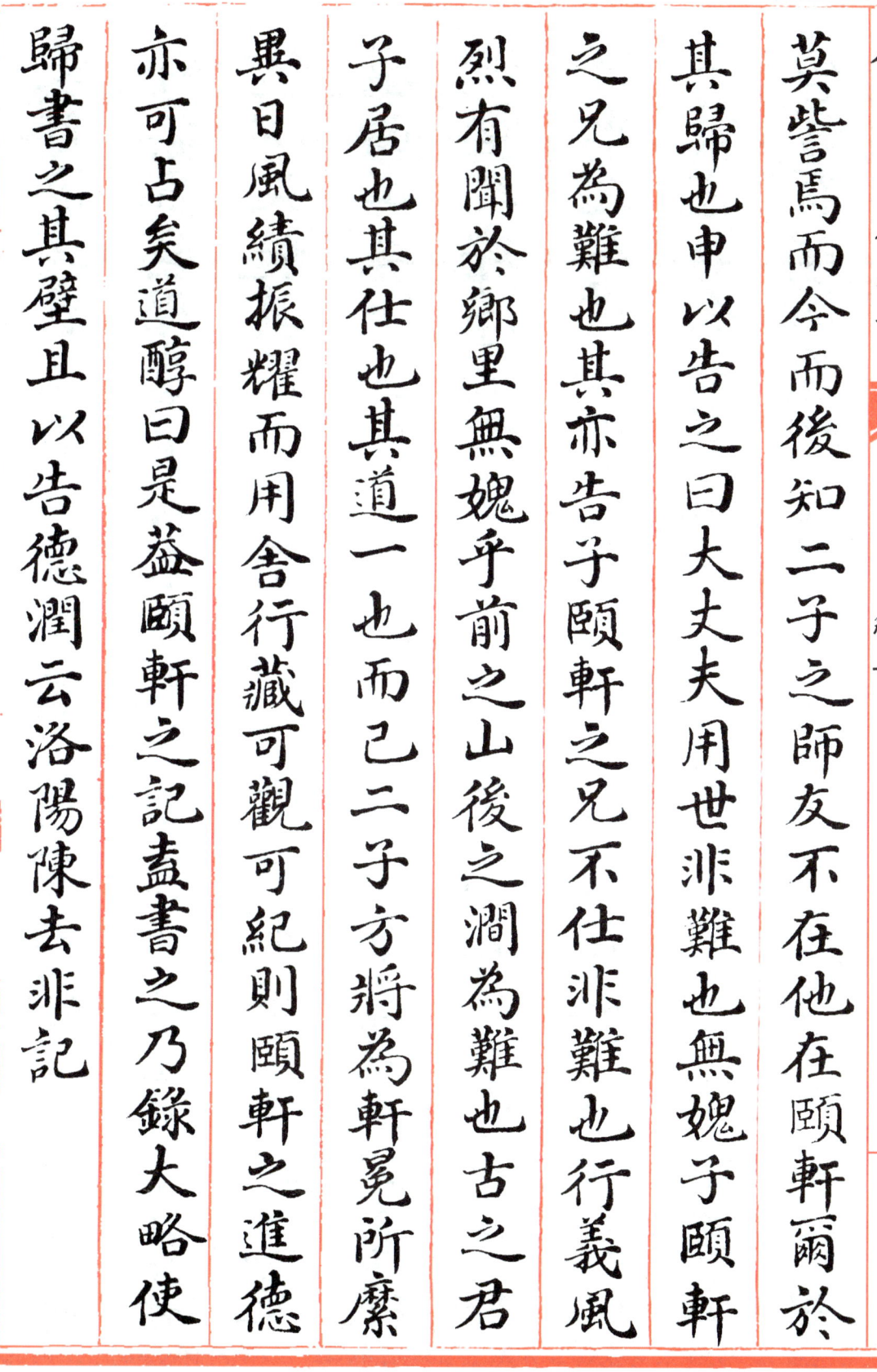

跋

跋郭節度父墓誌銘

自古將帥之世其功名福祚鮮有克全至漢辛武賢父子始傳世為名將史氏賢之又發於序傳榮華至今本朝郭氏乃有累世之美勲業書於竹帛閥閱耀於一時至殿帥益顯遂以宿將用也不見其形願察其影其受祉若此則其所行可知矣夫當頌以規者同郡之至情也天下方有難非血誠壯烈不足以解國家憂殿帥勉

之亦以告意氣之同者

簡齋集卷一

欽定四庫全書

簡齋集卷二

宋　陳與義　撰

五言古詩

次韻謝文驥主簿見寄兼示劉宣教

斷蓬隨天風飄蕩去何許寒草不自振生死依牆堵兩塗俱寂寞衆手劇雲雨坐令習主簿下與雞鶩伍遥知竹林交未肯一時數翩翩三語掾智與慢相補髯劉吾

所畏道屈空去曾子才亦落落傾葢極許予四夔照河濱一笑寬逆旅堂堂吾景方（張儀掾字）去作泉下土未知我露電能復幾寒暑思蓴久未決食薺轉覺苦我不逮諸子要先諸子去不種楊惲田但灌呂安園未知誰善釀可作孔文舉十年亦晚矣請便事斯語（來詩有十年之約）

題劉路宣義風月堂

長風將佳月萬里到此堂天遊本無待邂逅今夕涼北牕舊竹短南牕新竹長此君本無心風月不相忘道人

方燕坐萬物凝清光不獨挹霜雪似聞笙鶴翔乃知一
念靜可洗千劫忙明當攜麴生往問安心方

次韻張矩臣迪功見示建除體

建德我故國歸哉遄我驅除道得歡伯荆棘無復餘滿
懷秋月色未覺饑腸虛平林過西風為我起笙竽定知
張公子能共寂寞娛執此以贈君意重貂襜褕破帽與
青鞋耐久心亦舒危處要進步安處勿停車成虧在道
德不在功利區收視以為期問君此何如開尊且復飲

辭費道已迂閉口味更長香斷膍孺疎

八音歌二首

金張與許史不知寒士名石交少瑕疵但有一麴生絲色隨染異擇交士所貴竹林固皆賢山王以官累匏酌可延客藜藿無是非土思非不深無屋未能歸革華雖可侯不敢踐危地木奴會足飽寬作十年計

金章笑鶉衣玉堂陋茅茨石火不須臾白駒隙中馳絲鬢那可避會當來如期竹固不如肉飛觴莫辭速匏竹

且勿喧聽我歌此曲土花玩四時未覺有榮辱草木要一聲好異乖人情木公不可待且復舉吾觥

次韻張元方春雪

雲黃天為低牕白雪初作幽人睡方覺簾外舞萬鶴斜斜既可人整整亦不惡不知來何暮遂失梅花約東風桃杏暖不受珠璣絡聊回萬斛潤點點付藜藿幽人無酒飲一笑供酬酢歲晚會復來相期在丘壑

舍弟踰日不和雪勢更密因再賦

窓雪來催詩似怪子不作蔽天白漫漫誰辨鷺與鶴坐
令天回笑未受風作惡急飛既縈麗緩舞尤綽約稍積
草木上斷縞莽聯絡終然要白日印彼葵與藿滿眼豐
歲意空詩信難酢慎勿辭典衣已不慮填壑

雜書示陳國佐胡元茂四首

一官專為口俯仰汗我顔顧將千日饑換此三歲閒冥
冥雲表鴈時節自往還不憂稻粱絕憂在羅網閒絕勝
杜拾遺一飽常間關晚知儒冠誤猶戀終南山

杜門十日疾因得觀妄身勿云千金軀今視如埃塵平
生老赤脚每見生怒嗔揮汗煮我藥見此媿其勤
巨源邦之棟急士如拾珍定知柳下鍛遠勝崔史陳絕
交雖已隘益見叔夜真士要輕衣食求仁令得仁釋之
與王生戲美俱絕倫吾評竹林詠未可少若人
吾昔同年友壯志各南溟十年風雨過見此落落星秀
者吾元茂衆器見鼎鋼許身稷契閒不但醉六經時逢
下車揖慰我兩眼青勿憂事不理伯始在朝廷

書懷示友十首

俗子令我病紛然來座隅賢士費懷思不受折簡呼城東陳孟公久闊今何如明月照天下此夕與君俱不難十里勤畏借東家驢似聞有老眼能作薦鶚書功名勿念我此心已掃除陳孟公謂國佐

張子霜後鷹毛骨非凡曹不肯兄事錢但欲僕命騷胡為隨我輩錄錄著青袍相逢車馬邊技癢不得搔

平生詩作祟腸肚困藿食使我忘殷憂亦自得詩力絶

知是餘蔽且復永今日不如付杯酒一笑萬事畢毛頼

僅升堂麯生真入室

我夢鐘鼎食或作山林遊當其適意時略與人間侔覺

來跡便掃我已不悲憂人間安可比夢中無悔尤

我策三十六第一當歸田柴門種雜樹婆娑樂餘年是

中三益友不減二仲賢柏樹解説法桑葉能通禪

有錢可使鬼無錢鬼揶揄百年堂前燕萬事屋上烏微

官不救饑出處違壯圖相牛豈無經種樹亦有書如何

求二頃歸臥淵明廬曝背對青山鳥鳴人意舒試數門
前客終歲幾覆車

仲舒老一經策世非所長瓦鼎薦蔬食但取充饑腸偉
哉賈生書開闔有耿光旣珍亦可飽舉俗不見嘗
揚雄平生學肝腎困雕鐫晚於元有得始悔賦甘泉使
雄早大悟亦何事于元賴有一言善酒箴真可傳
蕭蕭十月菊耿耿照白草開𢾾逢一笑未覺徐娘老風
霜要飽經獨立晚更好韓公真躁人顧用擾懷抱

青青堂西竹歲寒不緇磷蓬蒿衆小中拭眼見長身澹

然冬日影此處極可人子猷幸見過一洗聲色塵

風雨

風雨破秋夕梧葉隐前驚不愁黄落近滿意作秋聲容

子無定力夢中波撼城覺來俱不見微月照殘更

曼陀羅花

我圃殊不俗翠蕤敷玉房秋風不敢吹謂是天上香烟

迷金錢夢露醉木蕖妝同時不同調曉月照低昂

與周紹祖分茶

竹影滿幽牕欲出腰髀嬾何以同歲暮共此晴雲椀摩挲蟄雷腹自笑計常短異時分白雲小杓勿辭滿

汝州吳學士觀我齋分韻得真字

狂夫縳軒冕自許稷契身靜者樂山林謂是羲皇人不如兩忘快內保一色醇偉哉道山傑滯此汝水濱大來會闊步小牕得幽欣一齋有琴酒萬事無緇磷不作子公書肯受元規塵人言君侯癡我知丈人真月明泉聲

細雨過竹色新是間有真我宴坐方申申

陪諸公登南樓啜新茗家弟出建除體詩諸公既

和予因次韻

建康九醖美侑以八味珍除瘴去熱惱與茶不相親滿

月墮九天紫面光璘璘平生酪奴謗脈脈氣未申定論

得公詩雅好知凝神執持甘露椀未覺有等倫破睡及

四座媿我非嘉賓危樓與世隔萬事不及唇成公方坐

嘯賞此玉花匀收杯未要忙再試晴天雲開口得一笑

茲遊念當頻閉眼歸默存助發梨棗春

諸公和淵明止酒詩因同賦

愛河漂一世既溺不能止不如淡生活吟詩北牕裏肺肝亦何罪困此毛錐子不如友麴生是子差可喜三杯取徑醉萬緒散莫起奈何劉伶婦苦語見料理不如一覺睡浩然忘彼已三十六策中此策信高矣政使江變酒誓不涉其涘尚須學王通藝黍供祭祀

周叔易于觀我齋分韻得自字

小草浪出山大隱乃居市功名一畫餅甚矣癡兒計傾身犯火宅顧自以為戲汗顏逢冰子更復問奚自三肅齋中人本是青雲器雖然山工山政爾吏非吏蕭蕭總前竹見引著勝地世間劇寒暑了不受榮悴門前剥啄客欲問觀我意但持卬鄣枕贈客一覺睡

觀我齋再分韻得下字

一慵縛兩脚閉户了晨夜夢攀城西樹起造君子舍紫髯出堂堂見客披衣謝平生功名手嗜靜如食蔗小齋

劚冰壺中明無外鋳要知日用事趺坐看烏下主人心了了竹石亦閒暇兒童慣看客我車當日駕平分齋中閒風月不待借要須酒屢費不用牛心炙

寄題商洛宰令狐勵迎翠樓

西來金衣鶴書落汝水湄雲霞映道路中有迎翠詩遥知五斗粟未辦買山資政要百尺樓了此浮天眉森然詩中畫想見憑闌時朝曦與暮靄百變皆令姿君方領此意簿書何急為衆手劚雲雨惟山不瑕疵當年四老

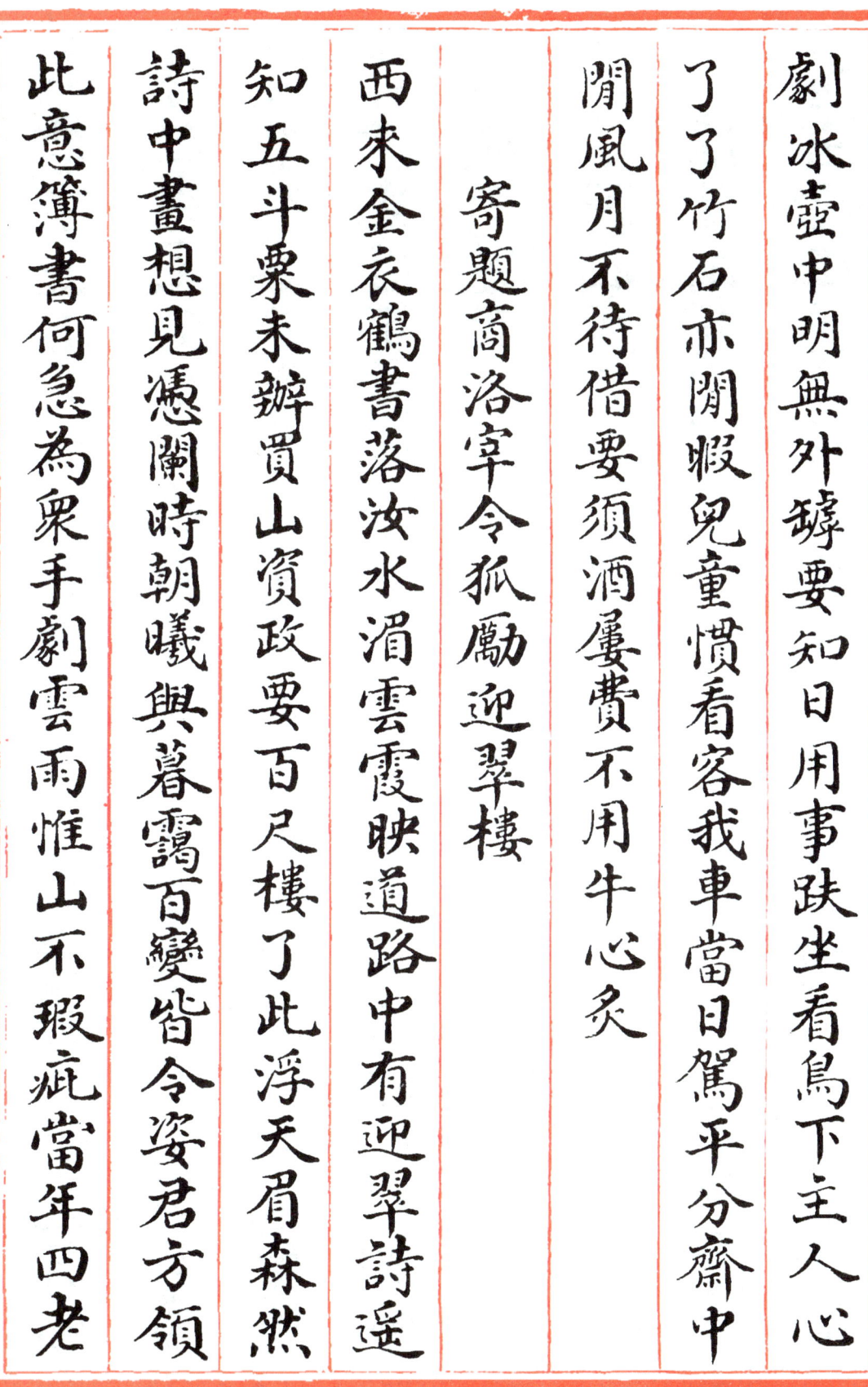

翁視世輕於芝坐令山偃蹇不受人招麾誰歟樓中客

俯仰與山期顧要君折腰督郵真小兒因之感我意故

巖歸已遲便擕靈運屐不待德璋移

次韻謝天寧老見貽

庭柏不受寒依然照人綠霧收晨光發可玩不可掬道

人方出定不復辨羊鹿微雲度遥天一笑立于獨嗟予

晚聞道學看傳燈錄三生蠹書魚萬卷今可束轂雖已

破碎猶欲大其輻是身堪底用況乃五斗粟自從識師

面日月幾轉轂受師爐中烟無處著榮辱周妻與何肉
恨我未免俗從今謝百事請作龜頭縮御笑長沙傅區
區問淹速聊將非舌言往和無譜曲

留别心老

老心霜下松名與隆公齊人物比斗南佛事東院西平
生四海脚不踏四海泥晚說汝州禪飽噉天寧齏夢中
與我遇相扶兩枯藜每見眼自明不復煩金篦御從夢
中别未免意慘悽他時訪生死林深路應迷

九日賞菊

黃花不負秋與秋作光輝夜霜猶作惡朝日為解圍今晨豈重九節意入幽菲孤芳擅天地衆卉亦已微殷勤黃金靨照耀白版扉沽酒欲壽花孔兄與我違清坐絕省事未覺此計非夕英豈不腴騷人自難肥

遊葆真池上

牆厚不盈咫人間隔蓬萊高柳喚客遊我輩御風來坐久落日盡淡淡池光開白雲行水中一笑三徘徊鴨兒

輕歲月不受急景催試作兲蒿驚徐去首不迴無心與
境接偶遇信悠哉再來知何似有句端難裁

端門聽赦詠雪

雲葉垂雞竿雪花眩鸞旗一天豐年意飄入萬壽巵茫
茫玉妃班影亂千官儀也知樓頭喜舞態方自持教坊
可憐女面赤婆娑時天公一笑罷未覺風來遲小儒驚
偉觀到笏不敢吹歸家得細說平分遺妻兒茅簷玉三
尺坐玩可樂饑生活太冷淡侑以一篇詩

遊玉仙觀以春風吹倒人為韻得吹字

清遊天不借破帽沙疾吹下馬榱桷鳴未恨十里陂風餘簷鐸語坐定爐烟遲新春碧瓦麗古意喬木奇黃冠見客喜此士定不羈但媿城中塵涴子青松枝人閒爭奪醜我亦寄枯棊輸贏共一笑馬影催歸時

路歸馬上再賦

偶然思玉仙便到玉仙遊興盡未及郭玉仙失回頭成毀俱一念今昔浪百憂未知橫笛子亦解此意不春風

所經過水色如潑油垂鞭看落日世事劇悠悠

簡齋集卷二

欽定四庫全書

簡齋集卷三

宋 陳與義 撰

五言古詩

夏日集葆眞池上以綠陰生晝靜賦詩得靜字

清池不受暑幽討起予病長安車轍邊有此荷萬柄是身惟可嬾共寄無盡興魚遊水底涼鳥語林間靜談餘日亭午樹影一時正清風不負客意重百金贈聊將兩

鬢蓬起照千丈鏡微波喜揺人小立待其定梁王今何
許柳色幾衰歇人生行樂耳詩律已其贜邂逅一尊酒
他年五君詠重期踏月來夜半嘯烟艇

遊慧林寺以三峽炎蒸定有無為韻得定字是日
欲逃暑閣下而守閣童子持不可
我如東郊馬欹側甘瘦病今晨舉足輕起行得幽勝撫
牕喚嬾融槁面初出定眼明無常物坐久爐烟正門前
幾烏帽往來送朝暝豈知帽影邊有地白日静寶閣陰

肅肅童子色不令年來惜違人一笑取歸逕顧言捐何
肉終歲奉清淨簷鐸豈印吾出門有餘聽

登天清寺塔

為眼不計腳攀梯受微辛半天拍闌干驚倒地上人風
從萬里來老夫方岸巾荒荒春浮木浩浩空納塵夕陽
差萬瓦赤鯉欲動鱗須臾暮烟合青紡映奫淪萬化本
日馳高處覺眼新借問龕中仙坐穩今幾晨俗子書滿
壁濳然不生嗔惟有太行山修供獨殷勤

浴室觀雨以催詩走羣龍為韻得走字

黴雲生屋脊欹枕看培塿崔嵬亂一瞬泰華入搔首須
臾萬銀竹壯觀驚户牖摧擊竟自碎映空白烟走餘飄
送未了日色在井口去冬三寸雪寒日澹相守商量細
細融未覺經旬久誰能料天公辨此脱穎手一凉滿天
地平分到庭柳葉端嘯餘風送我一杯酒畫屏題細字
盡記同來友俗眼之所遺此事當不朽

夏至日與太學同舍會葆真二首

微官有閑閱三賦池上詩林密知夏深仰看天離離官
忙負遠興觴至及良時荷氣夜來雨百鳥清晝遲微風
不動蘋坐看水色移門前爭奪場取歡不償悲欲歸未
得去日暮多黃鸝
明波影千柳紺屋朝萬荷物新感節移意定覺景多遊
魚聚亭影鏡面散微渦江湖豈在遠所欠雨一蓑忽看
帶箭禽三歎無奈何

夏日

赤日可中庭樹影斂不開燭龍未肯忙一步九徘徊夢中驚耳鳴忽覺闐遠雷屋上奇峯起欹枕看雲來變化信難料轉頭失崔嵬雖然不成雨風起亦快哉槐葉萬背白少振十日埃白團豈辦此擲去羞薄才蜻蜓泊牆陰近人故多猜牆西豈更熱已去復飛迴

試院春晴

今日天氣佳忽思賦新詩春光挾晴色倂上桃花枝白雲浩浩去天色青陸離餘霏遇晚日彩翠紛新奇天公

出變化驚倒癡絶兒逶迤或耐久美好固暫時平生一
枝節穩處念力衰淡然意已足卻赴青燈期

寄題兗州孫大夫絶塵亭二首

不讀遠遊賦放懷茲地宜雲山繞牕户萬態爭紛披世
故日已遠風水方逶迤倚杖夜來雨東山烟散遲人間
許長史不與此心期
境空納浩蕩日暮生泬寥竹聲池邊起欲斷還蕭蕭大
人方微吟萬象各動揺林間光景異月出東山椒門前

誰剥啄已逝不須邀

休日早起

朧朧牕影來稍稍禽聲集開門知有雨老樹半身濕劇讀了無味遠遊非所急蒲團著身寛安取萬户邑開鏡白雲度捲簾秋光入飽受今日閒明朝復羈縶

夏夜

幽牕報夕霽微月在屋橑手中白羽扇共此夜寥寥六月天正碧三更樹微揺緬懷山中景兹夕感路遥長嘯

送行雲可望不可招夜闌林光發白露濡青條

與伯順飯於文緯大先出宋漢傑畫秋山

焚香消午睡開畫逢秋山皇都馬聲中有此四士閒離離南國樹閃閃湘水灣悠悠孤鳥去淡淡晨暉還展上十年蠟未散腰脚頑不如一諸君坐此巖石間遠峯如修眉近峯如墮鬟書生飽作祟眼亂紛斕斑一笑遺世人聊破千載顏詩成即畫記可益不可删

冬至二首

少年多意氣老去一分無閉戸了冬至日長添數珠北
風不待節鴻雁天南驅烏帽獨何幸七日守屋廬石爐
深炷火撩亂一榻書只可自怡悦不堪寄張扶
人生本是客杜叟顧未知今年我聞道悲樂兩脱遺日
色如昨日未覺墉陰遲不須行年記異代尋吾詩東家
窈窕娘融蠟幻梅枝但恐負時節那知有愁時

將赴陳留寄心老

今日忽不樂圖書從糾紛不見汝州師但見西來雲長

安豈無樹憶師堂前柳世路九折多遊子百事醜三年
成一夢夢破說夢中來時西門雨去日東門風書到及
師閒為我點枯筆畫作謫官圖羸驂帶寒日他日取歸
路千里作一程飽喫殘年飯就師聽竹聲

赴陳留

草草一夢闌行止本難期歲晚陳留路老馬三振鬐自
看鞭袖影曠野日落遲柳林行不盡想見春風時點點
羊散村陣陣鴻投陂城中那有此觸處皆新詩舉手謝

路人醉語勿瑕疵我行有官事去作三年癡遥聞辟轂仙閲世河水湄時從玩木影政爾不憂饑

種竹

種竹不必高揺緑當我楹向來三家墅無此笙簫聲皇天有老眼為閟十日晴護我蕭蕭碧偉事鄰翁驚同休偶落此相向意甚平何須俟迷日可笑世俗情明年萬天矯穿地聽雷鳴但恨種竹人南山合歸耕他時夢中路留眼記所更蒼雲屯千里不見陳留城

再遊八關

古鎮易為客了身一籃輿貪遊八關寺忘卻子公書青青天氣肅淡淡春意初東風經古池滿面生紆餘卯申縛壯士入世信少娛時來照茲水檢點鬢與鬚日暮登古原微白見遠墟念我遂初賦徘徊月生裾悠悠不同抱悄悄就歸途

食筍

竹君家多才楚楚皆席珍成行著錦袍玉色映市人惠

然集吾字老眼簷光新麴生亦税駕共慰藜藿貧不待

月與影三人宛相親可憐管城子頭禿事苦辛按譜難

同宗闖道隔幾塵詩成聊便寫一笑驚比鄰

初夏遊八關寺

閑門睡過春出門緑滿城八關池上柳絮罷但藏鶯世

故劇千蝟今朝此閒行草木隨時好客恨終難平寺有

石壁勝詩無康樂聲扶犖不得上新月水中生

題酒務壁

野馬本不羈無奈夘與申當時彭澤令定是英雄人客
來兩繩牀客去一欠伸市聲自雜沓爐烟自輪囷鶯聲
時節改杏葉雨氣新佳句忽墮前追摹已難真自題西
軒壁不雜徐庾塵

秋夜詠月

庭樹日日疎稍覺夜月添推愁了此段捲我三間簾黄
花牆陰遠白髮露氣嚴平生六尺影隨我送涼炎踏破
千憂地投老乃自嫌尚想采石江宫錦映霜蟾夜半賦

詩成起舞魚龍𩵋辨此詎難事取快端宜廡

入城

竹輿聲咿啞路轉登古原孟冬郊澤曠細水鳴蘆根霧收浮屠立天闕鴻鴈奔平生厭喧鬧快意三家村思生長林内故園歸不存欲為唐衢哭聲出且復吞

夜步隄上三首

世故生白髪意行無與期平生木上座臨老始相知月中沙岸永歲暮河流遲留侯廟前柳葉盡空離離百年

信難料賸賦奇絶詩

人間睡聲起幽子方獨步倚杖看白雲亭亭水中度十月鴈背高三更河流去物生各擾擾念此煎百慮聊將憂世心數徧橋西樹

旋買青芒鞋去踏沙頭月爭教冠蓋地著此影突兀樹寒棲鳥動風轉孤管發月色夜夜佳人生事如髮夢中續清遊濃露濕銀闕

早起

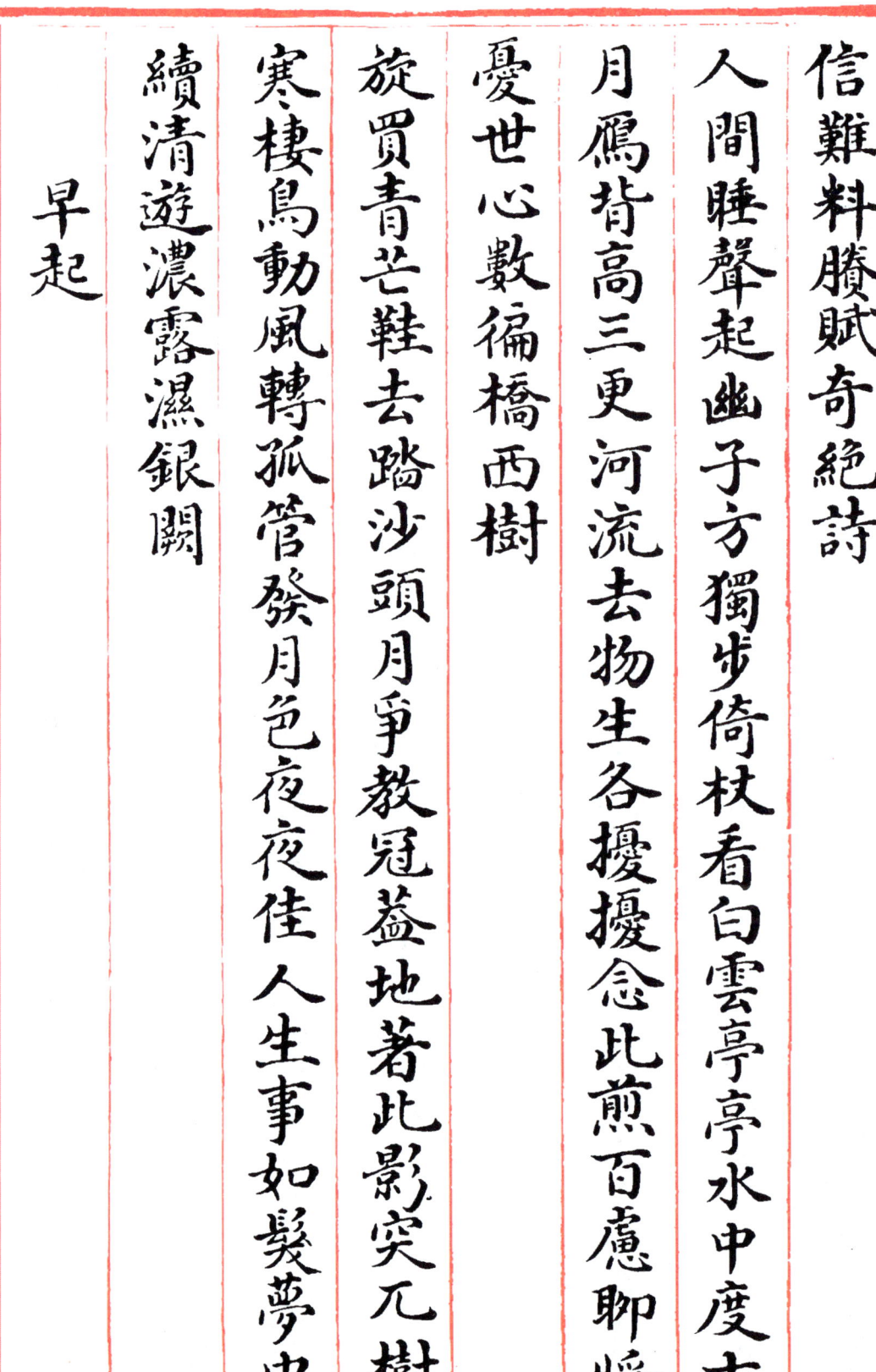

竟夜聞落木雨歇牕如新披衣有忙事簷前看歸雲初陽上林端鴉背明紛紛我亦廹經課日計在一晨再燒結願香消洗三生勤羣公持世故白髮到幽人幸不識奇字門絶車馬塵誰能共此牕竹影可與分

晚步

手把古人書閒讀下廣庭荒村無車馬日落雙檜青曠然神慮靜濁俗非所寧逍遥出荆扉竚立瞻郊坰須臾暮色至野水皆晶熒卻步面空林遠意更杳冥停雲甚

可愛重疊如沙汀

同楊運幹黄秀才村西買山藥

潦縮田路寛委蛇散腰脚勝日一枝杖村西買山藥罔巒相吞吐遠木亙前卻天陰野水明歲暮竹籬薄田翁領容意發筐堆磊落玉質緗色裘用世乃見縛屠門幾許快夜語尋幽約石鼎看雲翻門前北風惡

早起

曉寒生木枕𢠸臼夢難續自起開柴扉空庭立喬木濛

濛井氣上淡淡天容肅塵心忽昭曠何異居澗谷學道

審不遥恐饑差已熟皇天賜豐年菜本如白玉一簡了

百事狖獪嗤顏歎幽鳥行屋山悠然寄吾目

八關僧房遇雨

脱屨坐明牕偶至情更適池上風忽來斜雨滿高壁深

松含歲暮幽鳥立晝寂世故方未闌焚香破今夕

次舞陽

客子寒亦行正月固多陰馬頭東風起緑色日夜深大

道不敢驅山徑費推尋丈夫不逢此何以知嶇嶔行掇
舞陽縣薄暮森衆林古城何年缺跋馬看日沈憂世力
不逮有淚盈衣襟嗟我西北雲想像折寸心

次南陽

今日東北雲景氣何佳哉我馬且勿驅當有吉語來春
寒欺客子滿意旗亭杯百年耳頻熱萬事首不迴卧龍
今何之有冢今半摧空餘喬木地薄暮鴉徘徊懷古視
落日媿我非長才卻憑破鞍去風林生七哀

海棠

春雨夜有聲連林杏花落海棠已復動寒食豈寂寞人間有此麗赴我隔年約花葉兩分明春陰耿簾幕東風吹不斷日暮胭脂薄何可無我吟三叫恨詩惡

雨中觀秉仲家月桂

月桂花上雨春歸一憑闌東西南北客更得幾回看紅衿映玉色薄暮無乃寒園中如許樹獨覺賦詩難

簡齋集卷三

欽定四庫全書

簡齋集卷四

宋 陳與義 撰

五言古詩

題簡齋

我牕三尺餘可以閱晦明北省雖巨麗無此風竹聲不著散花女而況使鬼兄世間多岐路居士繩牀平未知阮遥集幾緉了平生領軍一屋鞋千載笑絶纓槐陰自

入户知我喜新晴覓句方未了簡齋真虛名

印老索鈍庵詩

入言融公嬾牀上揖賓容我來兩忘揖團團一庵白戲談鄧州禪分食天寧麥竹風亦喜我蕭索至日夕出家丈夫事軒冕本兒劇顧香驚餘烟世故感陳迹固應師未鈍使我不安席時求一滴水為洗三生石

登城樓

去年夢陳留今年夢鄧州幾夢即了我一笑城西樓新

晴草木麗落日淡欲收遠川如動摇景氣明田疇百年幾憑闌亦有似我不城陰坐來失白水光不流丈夫貴快意少住寛千憂歸嫵簡齋陋局促生白頭

遊董園

西園可散髮何必賦遠遊地曠多雄風葉聲無時休幸有濟勝具枯藜支白頭平生會心處未覺身淹留散坐青石牀松意淡欲秋薄雨青衆卉深林耿微流一涼天地德物我俱夷猶東北方用武六月事戈矛甲裳無乃

重腐儒故多憂珍禽呌高樹且復寄悠悠

夏雨

三伏過幾日坐數令人瘦片雲忽西行庭樹生光景須臾萬銀竹壯觀發異境天公終老手一笑破日永龍公勿憚煩事了亦俄頃修竹恬變化依然半牕影

積雨喜晴

積雨得一晴開牕送吾目疊雲帶餘憤遠樹增新綠天公信難料變化雜神速夕霞盡意紅詰朝固難卜西軒

一杯酒未負將軍腹竹林懷微風餘韻久回復熱官豈辨此何必思爛熟曳杖出門行棲鴉息枯木

北征

世故信有力挽我復北馳獨衝七月暑行此無盡陂百卉共山澤各自有四時華實相先後盛過當同衰亦復觀我生白髮忽及期夕雲已不征客子今何之願傳飛仙術一洗局促悲披襟閶風觀濯髮扶桑池

晚發葉城

竹輿開兩牖秋色爲横分左送廉纎月右揖離披雲詩情滿行色何地著世紛欲語王縣令三叫不能聞

美哉亭

西出成臯關土谷僅容駝天挂一匹練雙崖鬬嵯峨忽然五丈闕亭構如危窠青山麗中原白日照大河下視萬里川草木何其多臨高一吐氣卻奈雄風何辛苦生一快造化巧揣摩險易終不償翻身下殘坡

山路曉行

兩崖夾曉月萬壑分秋風今朝定何朝孤賞莫與同石
路抱巖轉雲氣青濛濛籃輿扶露枝亂點驚僕童微泉
不知處玉佩鳴深叢平生慕李愿得此行旅中居人輕
佳境過客意無窮山木好題詩恨我行怱怱

題董宗禹園先志亭宗禹之父早失母萬方求得
之此其晚節色養之地也

作客古南陽問俗仁孝敦坐讀杜羔傳起訪城西園偉
哉是家事作傳堪千言當年懷橘處華屋淡曉瞰大松

蔭後楹小松羅前軒風露所沐浴千載當連根我已癈
蓼莪感茲淚河翻葉聲含三歎送我出園門

題崇山

短蓬如鳧鷺載我萬斛愁試登山上亭卻望沙際舟世
故揚相急長江去悠悠西南浸山影晦明分中流蕩漾
寶鑑面翠髻千螺浮去程雖云阻茲地固堪留客路惜
勝日臨風搔白頭衆邑忽已晚川光抱巖幽三老呼不
至我興方未收下山事復多題詩記曾遊

與季申信道自光化復入鄧州書事四首

孫子白木杖富子黑油笠我獨白竹籃差池復相及夕

陽橋邊晝岸幘歸雲急勿語城中人從渠慎出入

賣舟作歸計竹輿穩如舟霧收青皐濕行路當春遊老

馬不自知意欲踏九州依然還故櫪寂寞壯心休

再來生白髮重見鄧州春依舊城西路桃花不記人卜

居得窮巷日色滿牕新徽吟驚市卒獨鶴語城闉

城西望城南十日九相隔何如三枝杖共踏江上石門

前流水過春意滿渠碧遥知千頃江如今好顔色

述懷

閉户生白髪逍遥步城隅野外晴林滿天末暮雲孤水容淡春歸草色帶雨濡物態紛如昨世事再嗚呼京洛了在眼山川一何迂乘槎莽未辨且復小踟躕

寄題趙景温筠居軒

相逢漢江邊盜起方如雲當時蒼黄意亦可無此君俗士固鮮歡王孫終逸羣清秋不可負牖壁看脩筠碧幹

立疎雨叢梢罥斜曛引君著勝地世事從糾紛何時徵

月夕胡牀與予分高吟呼天風夜半笙簫聞

夢中送僧覺而忘第三聯戲足之

兩鴻同一天羽翼不相及偶然一識面别意已超忽去

程秋光好萬里無斷絶雖無仁人言贈子以明月

正月十二日自房州遇金兵至奔入南山十五日

抵回谷張家

久謂事當爾豈意身及之避兵連三年行半天四維我

非洛豪士不畏窮谷饑但恨平生意輕了少陵詩今年奔房州驖馬背後馳造物亦惡劇脫命真毫釐南山四程雲布轗傲險巇籬間老灸背無意管安危知我是朝士亦復顰其眉呼酒軟客脚菜本濯玉肌窮途士易德歡喜不復辭向來貪讀書閉户生白髭豈知九州内有山如此奇自寛實不情老人亦解頤投宿恍世外青燈耿茅茨夜半不能眠澗水鳴聲悲

十七夜詠月

月輪隱東峯奇彩在南嶺北崖草木多蒼茫映光景玉
盤忽徹露銀浪瀉千頃巖谷散陸離萬象雜形影不辭
三更露冒此白髮頂老節無前遊危處有新警澗光如
翻鶴變態發遙境回首房州城山中夜何永

獨立

籬門一徙倚今夜天星繁獨立人世外惟聞澗水喧叢
薄凝露氣羣峯帶春昏偷生亦聊爾難與衆人言

與信道遊澗邊

斜陽照亂石巔崖下雙節試從絶壑底仰視最奇峯逥
碕發澗怒高霤生樹容半巖菖蒲根翠葆森伏龍豈無
避世士於此倘相逢客心忽悄愴歸路迷行蹤

詠西嶺梅花

雨後衆崖碧白處紛寒梅遥遥迎客意欲下山坡來窮
谷受春晚邂逅今日開絳領承玉面臨風一低回折歸
無可贈孤賞心悠哉

遊東巖

散策東巖路夢中曾記經斜暉射殘雪崖谷徧晶熒鴉
鳴山寂寂意迴川冥冥乘興欲窮討會心還小停新晴
遠村臼薄暮羣峯青危逕通仙境勝日行畫屛豈獨淨
一念將期朝百靈不同南澗詠悲慨滿中扃

雨晴徐步

百年幾晴朝徐步山徑濕忽悟春已深鳴禽飛相及雪
消衆緣淨霧罷羣峯立澗邊千嵁巖今日何復集

同信道晚登古原

幽懷忽牢落起望登古原微吹度修竹半林白翻翻日暮紛物態山空銷客魂惜無一尊酒與子醉中言

寒食

竹籬寒食節微雨淡春意諠譁少所便寂寞今有味空山花動摇亂石水經緯倚杖忽已晚人生本何冀

出山宿向翁家

紙坊山絶頂直下夕陽斜卻看來處路南北兩巖花田翁邀客宿笑指林下家問我出山意無乃貴諠譁

出山道中

雨歇淡春曉雲氣山腰流高崖落絳葉恍如人世秋避
地時忽忽出山意悠悠溪急竹影動谷虛禽響幽同行
得快士勝處頻淹留乘除了身世未恨落房州

詠青溪石壁

青溪宜曉日曲處千丈晦天開蒼石屏影落西村外虛
無元氣立明滅河漢對人行崢嶸下鳥急浩蕩內向來
千萬峯瑣細等蓬塊老夫倚杖久三歎造化大惜哉太

史公意短遺此快更欲訪野人窮探視其指

均陽官舍有安榴數株著花絶稀更增姸麗

庭際安榴樹花稀更可憐青旌擁絳節伴我作神仙日遲景不暮微陰眩彌鮮一尊無百慮心賞更悠然

同左通老用陶潛還舊居韻

故園無非路今已不念歸秋入漢水白葉脫行人悲東西興南北欲往還覺非勿云去年事兵火偶脫遺可憐玲𦚾影殘歲聊相依天涯一尊酒細酌君勿催持觴望

江山路永悲身衰百感醉中起清淚對君揮

同通老用淵明獨酌韻

紛紛吏民散遺我以兀然悄悄今夕意駒影馳隙間向來房州谷採藥危得仙忽駕太守車出處寧非天何妨暫閲世謀行要當先西齋一壺酒微雨新秋還蛛網閔明晦葉聲餞歲年呼兒具紙筆錄我醉中言

均陽舟中夜賦

遊子不能寐船頭語輕波開牕望兩津烟樹何其多晴

江涵萬象夜半光蕩摩客愁彌世路秋氣入天河汝洛
塵未消幾人不負戈長吟宇宙内激烈悲蹉跎

石城夜賦

初月光滿江斷處知急流沈沈石城夜漠漠河漢秋為
客寐常晚臨風意難收三更柂樓底身世入搔頭

晚步湖邊

客閒無勝日世故可暫逃杖藜迎落照寒彩徧平臯夕
湖光景麗晴鸛聲音豪天長蕭葭響水落城堞高萬象

各摇動慰此老不遭楚纍經行地處處餘離騷幸無大
夫貴得伴諸子遨終然動懷抱白髮風中搔

曉登燕公樓

闌干納清曉拄杖追黃鵠燕公不相待使我立於獨霧
收天落川日動春浮木舉手謝時人微風吹野服

詠水仙花五韻

仙人緗色裘縞衣以裼之青帨紛委地獨立東風時吹
香洞庭暖弄影清晝遲寂寂籬落陰亭亭與予期誰知

園中容能賦會真詩

寒食日遊百花亭

晴氣已復濁虛館可淹留微花耿寒食始覺在他州白
鬧輦鼓聒不恨歲月流亂代有今日兹園況堪遊雲移
樹影失風定川華收曳杖新城下日暮禽語幽羣行意
易分獨賞興難周永嘯以自暢片月生城頭

欽定四庫全書

簡齋集卷五

宋　陳與義　撰

五言古詩

王應仲欲附張恭甫舟過湖南久不決今日忽聞遂登舟作詩送之并簡恭甫

我身如孤雲隨風墮湖邊牆東木陰好初識避世賢從來有名士不用無名錢披君三徑草分我一味禪胡為

黄鵠舉忽上湖南船竟隨文若去聊伴元禮仙洞庭烟
發渚瀟湘雨鳴川三老好看客天高柁樓前子魚獨留
滯坐送管郡還作詩相棹謳寄恨餘酸然

過君山不獲登覽

我夢君山好萬里來南州青眉横玉鏡色照城中樓勝
日空倚眺經年未成遊今朝過山下賊急不敢留嵌空
浪吞吐薈蔚風颼颼龍吟雜虎嘯九夏含三秋了與遥
賞異況乃行巖幽蚍蜉何當掃延佇回我舟擲去九節

節褰裳走林丘會逢湘君降翠氣衣上浮山椒望蒼梧
寄恨舒冥搜

泊宋田遇厲風作

逐隊避狂寇湖中可盤嬉泊舟宋田港俯仰看雲移造
物猶不惜顛風忽橫吹洞庭何其大浪挾雲車馳可憐
岸上竹翻倒不自持老夫元耐事淹速本無期會有大
風定見汝亭亭時五月念貂裘竟生薄暮悲蕭蕭不自
暢耿耿獨題詩

二十二日自北沙移舟作是日聞賊革面

宛宛轉湖灘遥遥隔城邑是時雨初霽衆綠帶微濕曉澤澹不波菰蒲覺風入我生莽未定世故紛相襲靦然賀蘭面安視一座泣豈知虎與狼義感功反集堯俗可盡封嗚呼吾何及氣蘇巨浸内未恨乏供給日歷會有窮吾行豈須急近樹背人去遠樹久凝立聊以憂世心寄兹忘怏悒

舟抵華容縣

篙舟入華容白水繞城堞夾津列茂樹倒影青相接遠
色分村塢微涼動蘆葉天地困腐儒江湖託孤楫

夜賦

泊舟華容縣湖水終夜明淒然不能寐左右菰蒲聲窮
途事多違勝處亦心驚三更螢火鬧萬里天河橫阿瞞
狼狽地山澤空崢嶸弱强與興衰今古莽難平腐儒憂
平世况復值甲兵終然無寸築白髮滿頭生

月夜

獨立夜轇轕蘆聲泛遙津月下風起波莽莽白龍鱗陰
彩凝草木暑氣森星辰天地塵未消江湖氣聊伸人生
幾今夕亂代偶此身胡為不少樂況乃迹易陳三更大
魚舞悄愴驚心神永懷騎鯨士發興烟中新

晚晴

幽卧不知晴檣梢見斜日披衣起四望天際山爭出光
輝渚蒲淨意氣沙鷗逸避盜半九園兩脚不遺力川陵
各異態艱險常一律胡為作弧矢前聖意莫詰豈知百

代後反使姦究密腐儒徒嗟歎救弊知無術人生如歸雲空行雜徐疾薄暮俱到山各不見蹤跡念此百年内可復受憂戚林木方翳然放懷陶茲夕

寥落

寥落洞庭野微風泛客裾袁宏詠史罷孫登清嘯餘月明流水去夜静芙蓉舒城郭方多事野興一蕭踈

自五月二日避寇轉徙湖中復徙華容道烏沙還郡七月十六日夜半出小江口宿馬徙倚柁樓書

事十二句

回環三百里行盡力都窮巴丘左移右章華西轉東江聲揺斗柄秋色彌葭叢犀木立江上芙蕖披月中鏡湖應足比剡溪那可同世將非識事孤嘯聊延風

九月八日登高作重九奇父賦三十韻與義拾餘意亦賦十二韻

九日風景好節意滿天涯書生尊所聞登高亂城鵶雖無後乘麗前驅載黃花兩樓壓波壯衆澤分天斜居夷

驚有茵訪古悲章華蕭條湖海事勝日一笑諱輿移三
里亭木影雜蛟蛇二十醉藜杖兩禪風袈裟奇哉古無
有未覺欠孟嘉天公亦喜我催詩出微霞賦罷迹已陳
憂樂如轉車卻後五百歲遠俗增雄誇

粹翁用奇父韻賦九日與義同賦兼呈奇父

安穩輕節序艱難惜光娛先生守苜蓿朝士誇茱萸前
年鄧州城風雨傾客居何嘗疎麴生麴生自我疎豈無
登高地送目與雲俱門生及兒子勸我升籃輿出門復

入門戈旆塡街衢去年郢州岸孤楫對壞郛莫招大夫
魂誰攬使君鬚獨題懷古句枯硯生明珠亦復躋荒戍
日暮野踟躕白衣終不至眇眇空愁予今年洞庭上九
折餘崎嶇時憑岳陽樓山川看縈紆孫兄語蟬連王丈
色敷腴不用踏筵舞秋風揺菊株樂哉未曾有是夢其
非歟丈夫各堂堂坐受世故驅會須明年節醉倒還相
扶此花期復對勿令覽空虛明日風景佳南翔先一凫
何言知幾早政爾因鱸魚分襟肝肺熱撫事歳月迂歸

家問瓶錫生理何必餘相期衡山南追步淩忽區回首
望堯雲中原莽榛蕪臣豈専愛死有懷竟不舒老謀與
壯士二者慭俱無

九日自巴丘適湖南别粹翁

離合不可常去住兩無策渺渺孤飛鴈嚴霜欺羽翼使
君南道主終歲好看客江湖尊前深日月夢中疾世事
不相貸秋風撼瓶錫南雲本同征變化知無極四年孤
臣淚萬里遊子色臨别不得言清愁漲胸臆

留别天寧永慶乾明金鑾四老

我生能幾何兩脚疲世故忽破巴丘夢還尋邵陽路窮鄉得四老足以慰遲暮勝事遠公蓮深心嬾殘芋本是羣山雲暫聚當别去那知天風便不得還相聚凡情我未免臨别吐幽句慎勿過虎溪曉霜侵杖屨

別岳州

朝食三斗葱暮飲三斗醋寧受此酸辛莫行歲晚路丈夫少壯日恐窮不自恕乘除糞晚泰乃復遭變故經年

岳陽樓不見南宮樹辭巢已萬里兩脚未遑住水落君
山高洞庭秋已素浮雲易歸岫遠客難回顧飄然一瓶
錫不知所挂處寂寞短歌行蕭條遠遊賦學道始恨晚
為儒孰非腐乾坤杳茫茫三歎出門去

遊道林岳麓

耽耽衡山麓翠氣横古今濟勝得短筇未怕山行深路
盤天開閶風動龍噫吟峯巒慘淡處照以布地金世尊
諸天上燕坐朝千林向來修何行不受安危侵道人輕

殊勝來客費幽尋恍然結願香未會三生心山中日易
晚坐失羣木陰勿唾此山地後日重窺臨

跋大光所藏任才仲畫二首

遠遊吾不恨扁舟載幅巾山色暮暮改林氣朝朝新野
客初逢句薄暮欲生春因知子任子胸懷非世人
前年與孫子共作南山客扶疎月下樹偃蹇澗邊石賦
詩題古蘚三叫風脫幘任子不同遊毫端有疇昔

別大光

堂堂一年長渺渺三秋闊恍然衡山前相遇各白髮歲
窮聰欲霞人老情難竭君有杯中物我有肝肺熱飲盡
不能起交深忘事拙乾坤日多虞遊子屢驚骨衡陽非
不遥鴈意猶超忽一生能幾回百計易相奪滔滔江受
風耿耿客孤發他夕懷君子巖間望明月

舟泛邵江

老去作新夢邵江非舊聞灘前羣鷺起柁尾川華分落
花棲客鬢孤舟遡歸雲快然心自足不獨避囂紛

江行晚興

曾聽石樓水今過邵州灘一笑供舟子五年行路難雲間落日淡山下東風寒烟嶺叢花照夕灣羣鷺盤生身後聖哲隨俗了悲歡淹旅非吾病悠悠良足歎

今夕

今夕定何夕對此山蒼然偷生經五載幽意獨已堅微陰拱衆木靜夜聞孤泉惟應寂寞事可以送餘年

暝色

殘輝度平野列岫圍青春柴門一枝筇日暮棲心神瞑
色著川嶺高低鬱輪囷水光忽到樹山勢欲傍人萬仞
元相孚幽子意旬新肅肅夜將久空明動邊垠田鶴吟
相應我獨無荒鄰短篇不可就所寄聊一伸

貞年書事

留侯辟穀年漢鼎無餘功子真棨不售脫迹市門中神
仙非異人由來本英雄撫世獨餘事用舍何必同眷茲
貞年野息駕吾其終蒼山雨中高綠草溪上豐仲春水

木麗禽鳴清晝風禍福兩合繩旣解一身空榮華信非貴寂寞亦非窮

入城

舴艋泝溪來款段踏山去入城緣底事要識崎嶇路稻塍白縱横茅嶺青盤互牧兒歌不休孤客自多懼士行猶運甓文公亦習步我敢忘艱難衝烟問荒渡

曳杖

柳條一何長我髮一何短餘日會有幾經春卧荒疃曳

杖陂西去悠然寄蕭散田隴禁高低白水一時滿農夫暮猶作媿我讀書嬾且復棄今茲前峯青巉嵯

開壁置牕命曰遠軒

鍾妖鳴吾旁楊獠舞吾側東西俱有礙羣盜何時息丈夫堂堂軀坐受世褊迫仙人千仞岡下視笑予戹誰能久鬱鬱持斧破南壁牕開三尺明空納萬里碧巖霏雜川靄奇變供几席誰見老書生軒中岸元幘蕩漾浮世裏超遥送茲夕倚楹發孤嘯呼月出荒澤天公亦粲然

林壑受珠璧會有鶴賀賓經過來見客

再賦

清曉坐南軒望山頭屢側居士亦豈癡飛雲方未息樂哉此遠俗亂世免怵迫那知百戰禍豈識三空厄閉門美熟睡開門贍翠壁遠客謝主人分此一牕碧新晴鳥鳴警微暑風入席蕭然此白首豈更冒朝幘誓將老茲地不復數晨夕但恨食無肉臞仙出山澤蟄雷轉空腸吐句作圭璧一笑示鄰家向來無此客

又賦

我昨在衡山傷心衢路側豈知得此地一坐數千息易安生痛定過美出饑迫誓言如齊侯常戒在莒厄要將萬里身獨面九年壁如何不已那開牕玩霏碧招呼面前山浮翠落衾席一笑等兒戲都忘雪侵幘人生何不娱今夕定何夕向來萬頃胸餘地吞七澤念此亦細事未遽瑕生璧聊使山中人永記山下客

山齋二首

夏郊綠已徧山齋晝自遲雲物忽分散餘碧暮逶迤寒
暑送萬古榮枯各一時世紛幸莫及我塵得常持
雖媿荷鋤叟朝來亦不閒自翦牆角樹盡納溪西山經
行天下半送老此牕間日暮烟生嶺離離飛鳥還

六月六日夜

蘊隆豈不壞涼氣亦徐還獨立清夜半疎星蒼檜間晦
明莽相代天地本長閒四顧何寥落微風時動關

六月十七日夜寄邢子友

暑雨雖不足涼風還有餘樂此城陰夜何殊山崦居月
明蒼檜立露下芭蕉舒試問澄虛閣今夕復焉如

簡齋集卷五

欽定四庫全書

簡齋集卷六

宋 陳與義 撰

五言古詩

遊秦巖

秦巖昧舊聞勝會非復常異哉五里祕發此一日狂篝燈破大陰拄杖入仙鄉散遠楊梅實承磴菡萏房石液臼瑶墮泉氣青霓翔度危心欲動逢衍興未央眩人�

谷深霞我翠極長降登窮田壠開闔到鞠場龍遮側岸路貓護高廩藏力士倒覆空應真儼成行碾缺神所吝帳空仙莫量水鳴洑寥內鳥集森羅旁語聞受遠響力極生微陽夢中出小實立處忽大荒塵緣信深重仙事豈渺茫靈武唐業開湘濱耀文章望夷秦政壞嶺底畏禍殃隱顯非士意安危存國綱且復置此事更將適何方賦詩意未愜吾欲棲僧廊

登海山樓

萬航如鳧鷺一水如虛空此地接元氣壓以樓觀雄我來自中州登臨眩沖融白波動南極蒼鬟承東風人間路浩浩海上春濛濛遠遊為兩眸豈惜勞我躬仙人欲吾語薄暮山蔥蘢海清無蜃氣彼固蓬萊宮

題長樂亭

遠山雲迷巔近山淨如沐客子曳竹輿咿啞過山麓我行一何遲時序一何速東風所經過林水一時綠疎雨忽飛墜聲在道邊木淑氣自遠歸光景變川陸遥知存

存子明亦戒征軸霽色雖宜詩不見此清穆

題長岡亭呈德升大光

久客不忘歸如頭垢思沐身行江湖濱夢繞嵩山麓馬

何預得失鵬何了淹速匣中三尺冰瘴雨生新緑胡為

古驛中坐聽風吟木既非還吳張亦異赴洛陸兩公茂

名實自是宜鼎軸發發不可遲帝言頻郁穆

甘棠驛懷李德升席大光

破驛雖茲休差池便薪水山川會心地還思對君子道

邊千尺榕午蔭清且美極知非世用我愛不能已東風吹南服莽莽緣萬里此地亦可耕胡爲繭予趾

題大龍湫

曉行蒼壁中窮處乃高崖白龍三百丈欲下層巔來映日洒飛雨繞山行怒雷潭影納浩蕩雲氣扶崔嵬小儒歎造化辦此何雄哉亦知天下絶尊者所徘徊三生清淨願俗緣故難開踐勝吾豈敢稽首儻興哀

喜雨

秦望山頭雲昨日鸞鳳舉冥冥萬里風淅淅三更雨小
臣知君夏憂起坐聽簷語風力有去來龍工雜文武燈花
識我意一笑相媚嫵泥翻早朝路瀰瀰光欲吐鬱然蒼
龍闕佳氣接南畝千官次第來豫色各眉宇記事以短
篇不工還自許

雨

聽雨披衣襟衝雨踏晨鼓萬珠落筍輿詩中有新語老
龍經秋卧歲暮始一舉成功亦何遲光彩變蔬圃道邊

閩井溢可笑邃如許舊山百尺泉不知旱與雨

幽牕

貧士工用短壯夫溺于詩破壁為幽牕我筆還得持高鳥度遺影風扉語移時迨我休暇日與物聊同嬉古來賢哲人畎畝榮安危一行或大謬半隱良亦癡寄言山中友即歲以為期

休日馬上

休日不自休騎馬踏荒徑卻扇受景風今朝我無病春

雲闕晨耀羣緑淡相映山川與朝市一動自一靜九衢
行萬人誰抱此懷勝不得與之語蕭蕭寄孤詠

小閣晨起

紙帳不知曉鴉鳴當吾興開牕面老松相對寒崚嶒幸
無公家責欲嬾還不能汲井頮我面銅盆旋敲冰梳頭
風入檻散髮霜滿膺四瞻郊澤閒蒼烟慘朝凝卻望塔
顛日光景舒層層乾坤有奇事變化忽相乘客來無可
語語此不見譍今晨胡牀冷媿我無氍毹

小閣晚望

澤國候易變孟冬乃微和解襟凭小閣日暮歸雲多蒼
蒼散草木莽莽雜山河荒野蟲亂鳴長空鳥時過萬象
各無待惟人顧紛羅備物以養己更用干與戈天風吹
我來衣袂生微波幽懷渺無寄蕭瑟起悲歌

詠江梅

風雪集歲暮江梅開不遲朝來幽牕底明璫綴青枝上
天播淑氣百卉分四時寒村值西子足以昌吾詩

雪

窮臘見三白江南無舊聞天上春已暮盡日花繽紛平生雖畏寒遇雪心所欣擁裘未敢出捘隙致慇勤牕户忽相照川陵已難分二儀有巨麗我老不能文髙吟黄竹詩薄暮心無垠浮屠似玉筍突兀倚重雲

元夕

今夕天氣佳上天何澄穆列宿雨後明流雲月邊速空簷垂斗柄微吹生叢竹對此不能寐步繞庭之曲遥睇

浮屠顛數星紅熀熀悟知燒燈夕節意亦滿目歷代能
幾詩徧賦雜珉玉棲鴉亦未定更鳴伴余獨百年滔滔
内憂樂兩難復惟應長似今寂寞送寒燠

西軒

平生江海志歲暮僧廬中虚齋時獨步遡此西牕風初
夏氣未變幽居念方沖三日無客來門外生蒿蓬輕陰
映夕幌窈窕瓶花紅未知古今士誰與此心同

病骨

病骨瘦如輕清虛日來入今朝僧閣上超遥久風立茂

林榴萼紅細雨鸎黄濕物色乃可憐所悲非故邑

登閣

今日天氣佳登臨散腰脚南方宜草木九月未黄落秋

郊乃明麗夕雲更蕭索遠遊吾未能歲暮依樓閣

歲華

歲華日已彫飛葉鳴古瓦白頭倚危檻高旻覆平野遥

瞻疎柳林下有清溪瀉三春既繁麗九秋亦瀟洒平生

萬事過所欠茅一把山川鬱日夕有抱無與寫賦詩老
不工開篇詠風雅

偶成古調十六韻上呈判府兼贈劉興州

稽首蘇耽仙乘雲去無迹尚榴橘井在與世除狂疾誰
能不飲此識味亦可録坐令鄭元牛亦抱荆山玉偉哉
稚川裔神交接朝夕游戲及小道造化入大筆優為吳
詩父雅命楚騷僕亶其橘井助本自同仙籙坐中子劉
子知是當日客書懸元和腳語經建康力先我登公門

不數鷲鳥百曾搤兩仙袖自然生羽翼嗟我無長才學
架屋下屋詩雖兩牛腰事亦幾蛇足已窮猶不悔政荷
師友德文盟儻許予幸不疑籍湜

再用迹字韻成一首呈判府

風雨一葉過黄花已陳迹人貧交舊踈歲暮日月疾貪
人積胡椒智不到鬼錄那知庾郎菜地瘦飽金玉不加
學服氣清星了晨夕尚餘烟月債驅使入吟筆晚逢葛
先生憐我出無僕借車得時詣謬窺文字籙談詩不知

瘦或作夜半容揮毫寫珠玉治郡益餘力不羨江千萬

不慕李八百願傳公句法容我附風翼異城東劉子政著

書方滿屋昨示一篇詩三日歎未足仍聞供筆硯家有

樊通德但恐裴公門從此近捨湜（元忠有侍妾嘗謂其曰若人有可愛處吾嘗記書中事不審使之尋輒能知其處詩成或使之寫亦往往如人意陳學士頤聞斯語）

蒙示黄硼佳詩三讀欽羨輒繼韻仰報嘉賜

癡兒了官事官事那可訖豈知公偷閑臨水照纓紱雖

微八川雄暴怒常至沸（上林賦説八川云沸乎暴怒沸音弗）儻或似山陰

清流可共祓貪德實似濟行地不鬱鬱一作地中趙洛與陶丘相比亦彷彿禹貢濟水東出于陶丘北也邂逅逢公賞一洗伏流屈可愛不可唾衆議那可咈彼是公餘波本來非俗物

蒙示涉汝詩次韻

城南天倒影緑浪揺十里使君雲夢胸猶復録此水舟行及雨霽秋色在葭葦烟涵翠縠潤月照金波委知公已忘機鷗鷺宛停峙向來趨熱士説似顩𢊍泚俗子與清游自古劇函矢如何有雙脚受垢不受洗異哉公殊

嗜記此兩苦李詩成墮衡門名字汙紙尾公詩賜其明及家弟也

當躡公迹佳處不待指會逢白沙渚我舍真可徙鳴騶

儻重來傍舫傾我耳

再和

洪河豈不壯餘潤彌九里海内所詠歌在德不在水德

人經行地可敬及蒲葦況有水如此浪去劇雪委念昔

涉濤江怒鼉如山峙天風怖殺人舟定舵有泚惕然三

夜夢沙礫下飛矢至今逢溝壑敢照不敢洗忽誦涉汝

詩五字擬蘇李快言擊汰事想見魚掉尾十年疑此樂
始誤斗柄指便當策我足歳月忽轉徙未辦志和舟且
洗子荆耳

遊峴山次韻三首

夜度一程雲平明踏山址山神豈妬我飛雨亂眸子重
岳衮衮去前傑後俊偉晦明更百態始望那及此路窮
得精廬税駕咨祖始老僧千金意佳處相指似先生一
笑領得句易翻水安石未歸山卻要山料理奇哉此一

段驚世無前軌酬山以快飲春蕨正滋言一丘儻許予
高卧飽松髓城中謾拄笏那知有兹事
高人買山隱百萬猶恨少容皃最省事有屐一生了東
莊良不遥十里望縹緲縈紆菈麥壟翠浪四山繞先生
滯鹿車去程通鳳沼暫來山泉上思與飛雲杳雲丮接
雲南一逕絶紛擾竹林懷風雨目斷極窈窕從來無世
塵相對真不撓龍皃爭地出頭角已表表先生囑支郎
勿使斤斧夭終當乞一杖險路扶吾老

轉路山突兀衆山之所望嬾融不下山揖山會虛堂本前第四卷印老索鈍庵詩云人言融公嬾一本改此嬾融作嬾慵非大空出盤嬉小空時侍旁我遊瞻鐵鳳力盡隨木羊石䆫非人世意欲淩風翔巉巉䆫中人出定髮有霜過眼幾浮烟闒身一禪牀教我安心法入鳥不亂行似知使君尊起炷柏子香龐雲亦堪寄分我作歸裝好在䆫前竹伴師老蒼蒼

再賦

堂堂李杜壇誰敢躡其址先生坐壇上持鉞令餘子由

來文字伯不但表奏偉高懷淡無嗜寓興或留此平生
上林手避謗淹二始登臨意超然筆落風雨似事異柳
司馬辛苦記山水樂哉邦無事郡待猛政理篤言尉吾
民不媿城門軌看山笑鄒湛句外寄深旨巖樹閱幾客
尚餘堯時髓（宗炳登山詩長松列靖肅下凝堯時髓）撫板歌公詩未暇知
餘事
與公賦天台千字一何少峴山逢巧匠籠絡六詩了餘
情到娘子心動雲縹緲髣髴山阿人薜荔一身繞殷勤

供洮筆路轉得龍沼應龍喜公來噓氣紛霧沓忽然張葢起知不受人擾（山有龍沼鄉人語曰峴山張葢雨霶霈事出三水小牘霧沓出文選）詩成中有畫幽情雜荒窈從公雖一快顧有和詩撓是事姑置之歸路迷日表安得永茲樂彭鏗尚為天但愁歸城中念山令人老

脩眉入幽夢起貫西南望（城中望山正在西南）終願學柳文買泉築愚堂錯磨高壁翠日日在我旁忽在新野鄒行從秦山羊城中瞻使君駕鶴高馳翔詩成隨人世字字含風

霜平生仰止勤不但上下牀顧許俗士駕平參天人行
封姨豈嗔予震怒挾阿香知公終可恃不記當趣裝清
歡豈有極夜色來蒼蒼

秋月

祥暑推不去快風喜來過西縈遲明月與子聊婆娑初
如金盤湧稍若玉鑑磨亭亭倚華魄瀲瀲舒涑波夜氣
清入骨奈此光景何一杯幸相屬安能廢吟哦纖阿無
停輪衰鬢颯已多及時會行樂無惜醉顏酡

寄題康平老眄柯亭

高懷志丘壑既足不顧餘惜哉三徑荒滯彼天一隅小築聊自適空園闢榛蕪清影弔高槐氣與西山俱何以開子顏庭柯作森疎月露洗塵翳天風吹笙竽方其寓目時萬象供嘯呼終然成坐忘天地猶空虛劵外果何有浮雲只須臾乃知鐘鼎豐未勝山林癯淵明死千年日月走名譽不昔見督郵歸來守舊廬可憐骨已朽後有誰繼渠顧子副名實此事吾欲書

簡齋集卷六

欽定四庫全書

簡齋集卷七

宋　陳與義　撰

七言古詩

題牧牛圖

千里烟草緑連山新雨足老牛抱朝饑向山影觳觫犢兒狂走先過浦卻立長鳴待其母母子為人實倉廩汝飽不慙人媿汝牧童生來日日娛只憂身大當把鋤日

斜睡足牛背上不信人間有廣輿

題易元吉畫麞

紛紛騎馬塵及腹名利之窟爭馳逐眼明見此山中吏
怪底吾廬有林谷雄雌相對目炯炯意閒不受榮與辱
掇皮宣真皆自知坐令貓犬羞奴僕我不是李衛公欺
爾無魂規爾肉又不是曹將軍數肋射爾不遺鏃明聰
無塵簾有香與爾共此春日長戲弄竹枝聊卒歲不羨
晉宫車下羊

題唐希雅畫寒江圖

江頭雲黃天醞雪樹枝慘慘凍欲折耐寒野鴨不知歸
猶向沙邊弄羽衣黃茅終日不自力影亂弱藻相因依
惟有蒼石如卧虎不受陰晴與寒暑舟中過客莫敢侮
閒伴長江了今古

江南春

雨後江上綠客悲隨眼新桃花十里影搖蕩一江春朝
風送船波浪惡暮風送船無處泊江南雖好不如歸老

薺遶牆人得肥

蠟梅

智瓊額黄且勿誇回眼視此風前葩家家融蠟作杏蔕歲歲逢梅是蠟花世間眞僞非兩法映日細看眞是蠟我今嚼蠟已甘腴況此有韻蠟不如只愁繁香欺定力熏我欲醉須人扶不辭花前醉倒卧經月是酒是香君試別

螢火

翩翩飛蛾掩明燭見烹膏油罪莫贖嘉爾螢火不自欺

草間相照光熠熠卻馬已録仙人方映書曾登君子堂

不畏月明見陋質但畏風雨難為光

北風

北風掠野悲歳暮黄塵漲街人不度孤鴻抱饑客千里

性命幺微不當惄梅花欲動天作難蓬飛上天得盤桓

十年卧木枝葉盡獨自人間不受寒

送張仲宗押戟歸閩中

翩然鴻鵠本不羣亦復爲口長紛紛去年弄影河北月今年迎面江南雲還家不比陶令冷持節正效相如勤青天白日映徒御元髮綘旆明江濆毋前落花慰野老浦口杜若愁湘君遙知詩成寄驛使萬里春色當見分贈人以言予豈敢不忍負子聊云云舊山雖好慎勿過恐有德璋能勒文

寄若拙弟兼呈二十家叔

退之送窮窮不去樂天待富富不來政須青山映黑髮

顧著皂莢爭黄埃何如父子共一壑龐家活計良不惡
阿奴況自不錄錄白鷗之盟可同諾三間瓦屋亦易求
著子東頭我西頭中間共作老萊戲世上樂復有此不
問夢膏肓應已瘳歸來歸來無久留竹林步兵非俗流
為道此意思同遊

闡葛工部寫華嚴經成隨喜賦詩

如來性海深復深留書與世澗蓬心畫沙累土皆佛事
況乃一字能千金老郎居塵念不起法中龍象人獅子

前身智永心了然結習未空猶寄此怪公聚筆如須彌
經成筆盡手不知淩雲題就韋誕老顧力所到公何疑
珠函繡帙芝蘭室護持金剛竦神物枯葵應感不足論
毛穎陶泓俱見佛

陳叔易賦王秀才所藏梁織佛圖詩邀同賦因次

其韻

維摩之室本自空忽驚滿月臨丹宮稽首世尊真實相
不比圖畫填青紅天女之孫擅天巧經緯星宿超庸庸

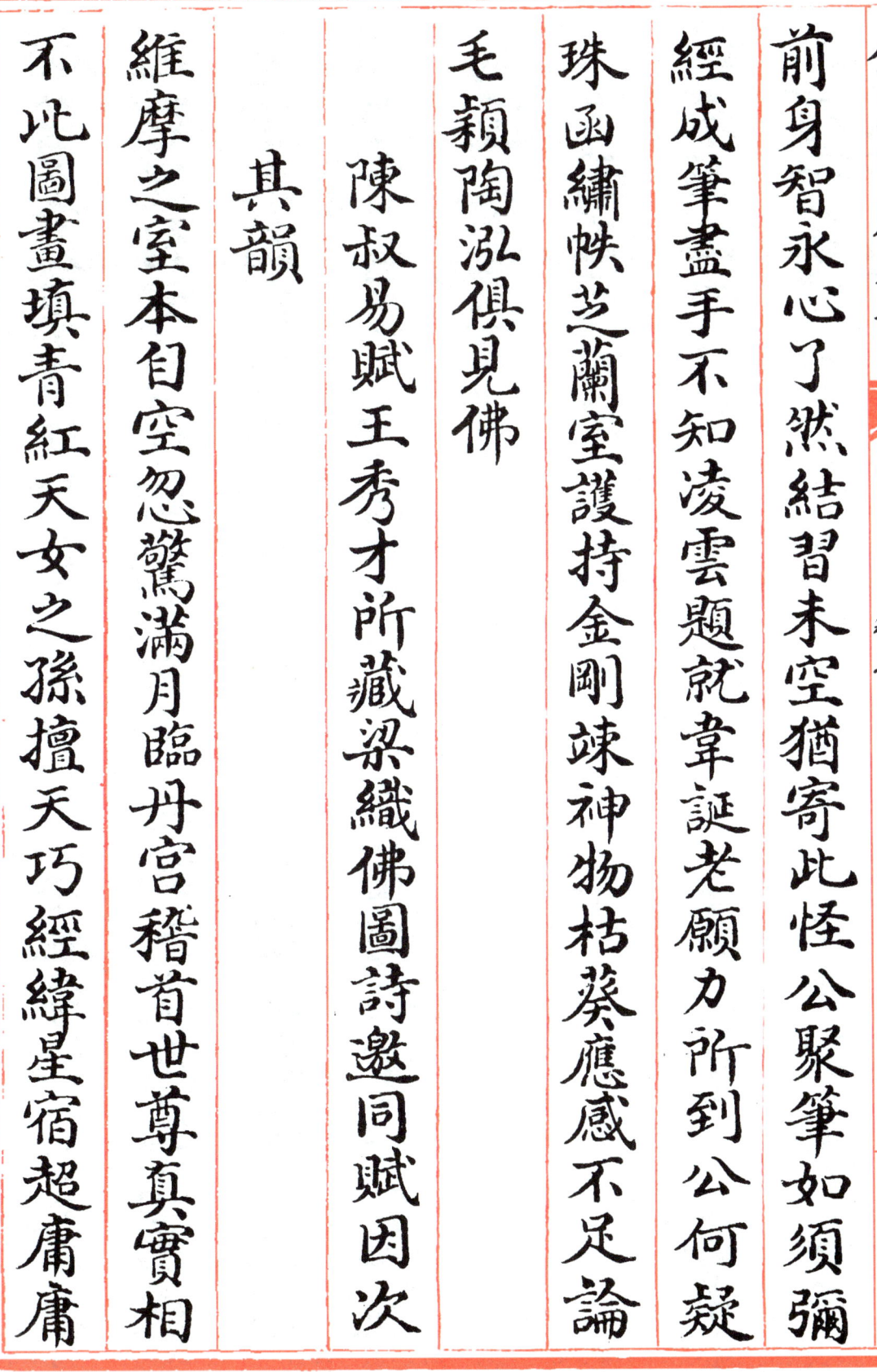

淪精入此三昧手一念真到祇園中意匠經營與佛會
七寶欲動聲瓏瓏眉間毫光放未盡指下已帶蒴檀風
飛梭本是龍變化挾大威德行神通怳若祇洹遇佛影
豈彼臺象能比崇共惟此事不思議細看衆巧無遺蹤
日浮雞園赤爛爛天入鷲嶺青叢叢那知金臂是正倒
但覺已挫千魔鋒龍天四衆儼然侍喜滿火宅俱成功
向來八風幾捲地衆寶行樹無摧桻老蕭區區佛所憫
豈與十二蟯蚘同重雲之殿珠作帳一朝入海奔雷公

幸留此像不為少福聚萬紀熏千總餘休八葉終灰燼
堅固卻賴三眠蟲似聞法猛藕絲像當時已不隨烟東
煌煌二寶照南北各攝萬鬼專其雄龍華已耀東坡墨
驚夢不假撞洪鐘惟有兹圖晦幾歲留待公句貽無窮
畫沙累土皆見佛而况筆墨如此工亦念衆生業障厚
要與機杼聊分攻從今俱盡未來世買絲不繡平原容

送祕典座勝侍者乞麥

一春不雨但多風家家買龜問豐凶天寧疏頭與天通

泚筆未了雲埋空一雨三日勤老龍壟頭滿眼十分豐
法中福將兩英雄自說去立丘山功堂頭老師言語工
一詩自直三千鍾不憂乞米送盧仝末章謹已藏胸中

食齋

君不見領軍家有鞋一屋相國藏椒八百斛士患饑寒
求免患癡兒已足憂不足伯龍平生受鬼笑無錢可使
宜見瀆但當與作謫仙詩聊復使渠終夜哭詩中有味
甜如蜜佳處一哦三鼓腹空腸時作不平鳴卻恨恐饑

猶未熟冰壺先生當立傳木奴魚婢何足録顔生獖猾
還可憐晚食由來未忘肉

古別離

東門柳年年歲歲征人手千人萬人于此別柳亦能堪
幾人折願君遄歸與君期要及此柳未衰時

次韻富季申主簿梅花

東風知君將出遊玉人迥立林之幽欹牆數苞乃爾瘦
中有萬斛江南愁君哦新詩我聽瑩句裏無塵春色靜

人人索笑那得禁獨爲君詩起君病欲語未語令人嗟
桃李回看眼中沙同心不見昭儀種五出時驚公主花
典衣重作明朝約聊復寬君念歸洛笛催踈影日更踈
快飮莫教春寂寞

錢東之教授惠澤州呂道人硯爲賦長句

君不見銅雀臺邊多事土走上觚棱蔭歌舞餘香分盡
垢不除卻寄書林汙纖楮豈如此瓦凝青膏冷面不識
奸雄曹呂翁已去溼餘泣通譜未許宏農陶暮年得君

真耐久摩挲玉質雲生手未知南越石虛中亦有文章
似君否西家樸滿本弟昆趣尚清濁何年分一朝墮地
真瓦礫莫望韓公無瘞文

以石龜子施覺心長老

老龜十年作一息天地併入支牀力何年生此石腸兒
非皮裏骨骨裏皮君家元緒不慎口遂與老桑同一朽
知君遊世磨不磷往作道人之石友道人莫欺此龜無
六眸試與話禪當點頭

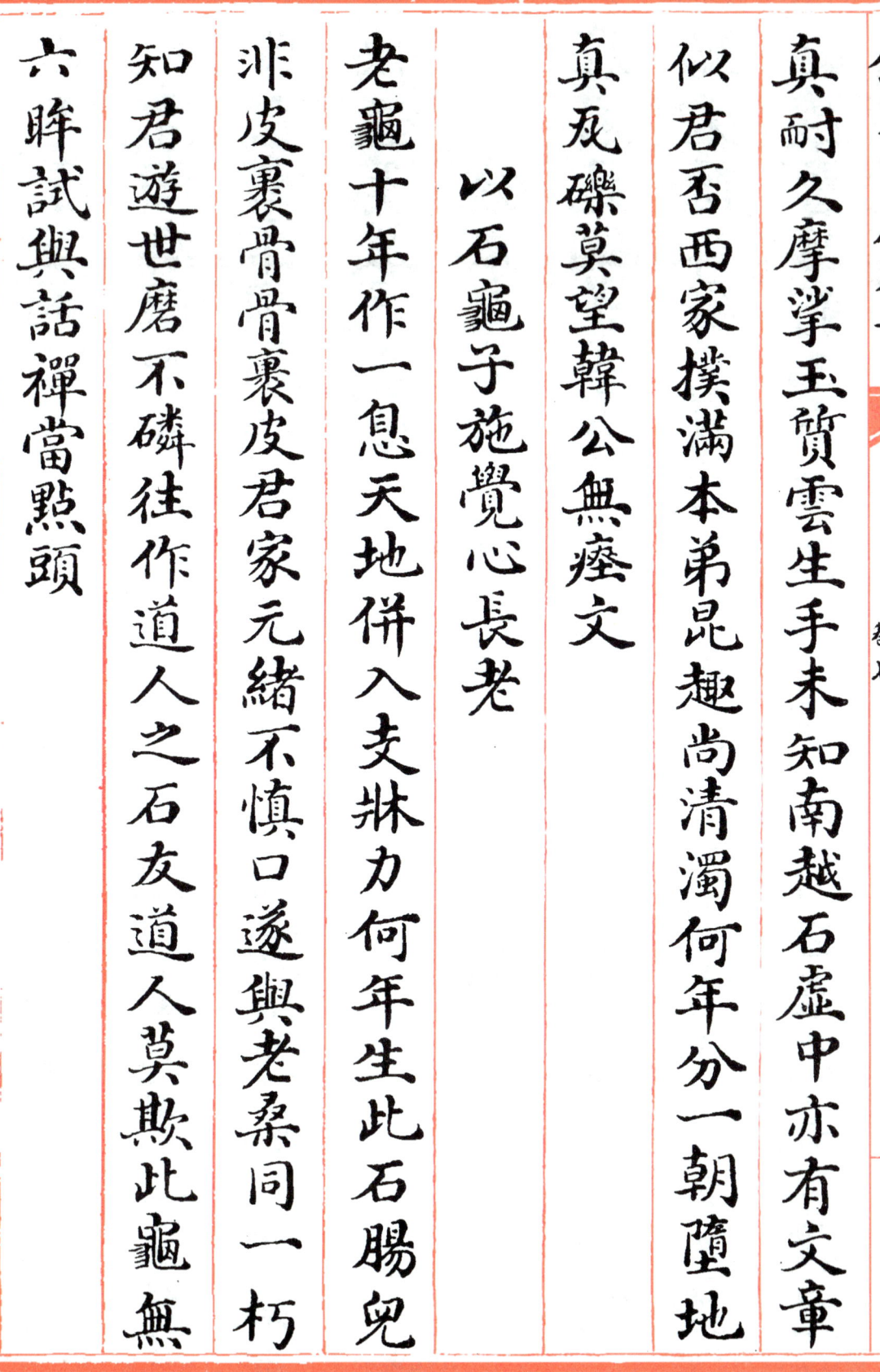

以紙託樂秀才擣治

古人爭名翰墨藪柿葉桑根俱不朽固知老褚下歐陽控御管城須好手嫁非時好聊自强幅則甚短慙甚長聞道蔡侯閒石臼為借餘力生銀光

述懷呈十七家叔

兒時學道逃悲歡只今未免憂饑寒浮生萬事蟻旋磨冷官十年魚上竿竹林步兵亦恐辱長安閉門出無僕門前故人擁廬兒政坐向來甘錄錄君不見古人有待

良不多利名溺人甚風波垂露成幃仲長統明月為燭
張志和塵中别多會日少世事欲談何可了胸中萬卷
已無用勸公留眼送飛烏兩翁觀光今幾時賦歸有約
時已稽未暇藏身北山北且須覓地西枝西願從我翁
歸洗耳不用妓女汙山水肩輿亦莫要僕夫自有門生
輿兒子

秋雨

塵起一月憂無禾瓦鳴三日憂雨多書生重口輕肝腎

不如牆角蚯蚓方長哦少昊行秋龍洒道風作萬木皆商歌病夫强起開户立萬箇銀竹驚森羅人間偉觀如此少倚杖不覺泥及靴菊叢欹倒未足道老景知奈梧桐何是事且置當務本菜圃已添三萬科

中秋不見月

去年中秋端正月照我霑襟萬條血姮娥留笑待今年淨洗金觥對銀闕高唐姤婦心不閑招得封姨同作難豈惟恨滿月宫裏腸斷西山吳綵鸞卻疑周生懷月去

待到三更黑如故人間今乏趙知微無復清遊繼天柱

南枝烏鵲不敢譁倚杖三歎風枝斜明年强健更相約

會見林間金背蟇

來禽花

來禽花高不受折滿意清明好時節人間風日不貸春

昨夜胭脂今日雪舍東蕪菁滿眼黃胡蜨飛去轉斜陽

姸媸都無十日事付與梧桐一夏涼

送王周士赴發運司屬官

寧食三斗塵有手不揖無詩人寧飲三斗醋有耳不聽
無味句牆東草深蘭發薰君先夢我我夢君夢君小牕
誦詩燈花起牕外北風怒未已書生得句勝得官風其
少止盡人歡五更月暈一千丈明日君當泛淮浪去去
三十六策中第一買酒鑿北風

初至陳留南鎮夙興赴縣

五更風搖白竹扉整冠上馬不可遲三家陂口雞喔喔
早于昨日朝天時行雲弄月翳復吐林間明滅光景奇

川原四望鬱高下蕩摇蒼茫森陸離客心忽動羣鴈起
馬影漸薄村墟移須臾東方雲錦發向來所見今難追
兩眼聊隨萬象轉一官已判三年癡只將乘除了吾事
推去木枕收此詩寫我新篇作畫障不須更覓丹青師
同楊運幹黃秀才觀取魚於賣家池以錢得數斗
置驛西野塘中圉圉而逝我輩皆欣然也
閉門讀書生白髮閒向村東看魚穴曾隨樹影數圓波
鐵面漁翁肝肺别向來癡腹負此翁只可買放蓮塘中

萬事成虧等閒裏他年此地費雷風

贈黄家阿芊

君家阿芊如白玉呼出燈前語陸續可憐郎罷窮一生只今有汝照茅屋豬生十子豚復豚阿芊明年可當門階庭一笑不外索萬事紛紛何足論

難老堂

城南鳥聲和且都我識丈人屋上烏難老堂中一尊酒不敢霜雪上髭鬚樊侯種梓用莫竭丈人向來亦種德

挽回萬事入繩牀花竹相看有佳色人生知足一飽多
當時恨我棄漁蓑題詩素壁蛇蚓集五百年後公摩挲

鄧州城樓

鄧州城樓高百尺楚岫秦雲不相隔傍城積水晚更明
照見綸巾倚樓客李白上天不可呼陰晴變化還須臾
獨撫危闌詠奇句滿樓風月不枝梧

方城陪諸兄坐心遠亭

客中日食三斗塵北去南來了今歲暫時亭中一杯酒

與兄同宗復同味博山雲氣終日留竹君蕭蕭不負秋
世路明年儻無故 卻攜藜杖更來遊

簡齋集卷七

簡齋集卷八

宋 陳與義 撰

七言古詩

遊南嶂同孫信道

遥瞻南嶂深復深雙崖與天藏太陰青鞋濟勝不能嬾

踏破積雪窮崎嶔空中朽樹抱孤篠無竅蒼壁生横林

孤禽三叫危石裂欲返未返神蕭森磴迴忽然何處所

當面烟如翠蛟舞石門泄風無晝夜古木截道藏雷雨
丹丘赤城去幾許下視人間足塵土放身天地不自知
導以龍蛇翼熊虎山中異事記今晨杖藜得道孫與陳
欲離均陽而雨不止書八句寄何子應
江城八月楓葉彫城頭哦詩江動揺秋雨留人意戀戀
水色泛樹風蕭蕭綸巾老子無遠策長作東西南北客
不如何遜在揚州坐待梅花映妝額

里翁行

里翁無人支緩急天雨壞牆百憂集賣衣雇人築得牆不慮偷兒披户入夜寒千掫不經過偷兒若來知奈何君不見巴丘古城如培塿魯肅當年萬人守

居夷行

遭亂始知承平樂居夷更覺中原好巴陵十月江不平萬里北風吹客倒洞庭葉稀秋聲歇黄帝樂罷川杲杲君山偃蹇横歲暮天映湖南白如掃人世多違壯士悲干戈未定書生老揚州雲氣鬱不動白首頻回費私禱

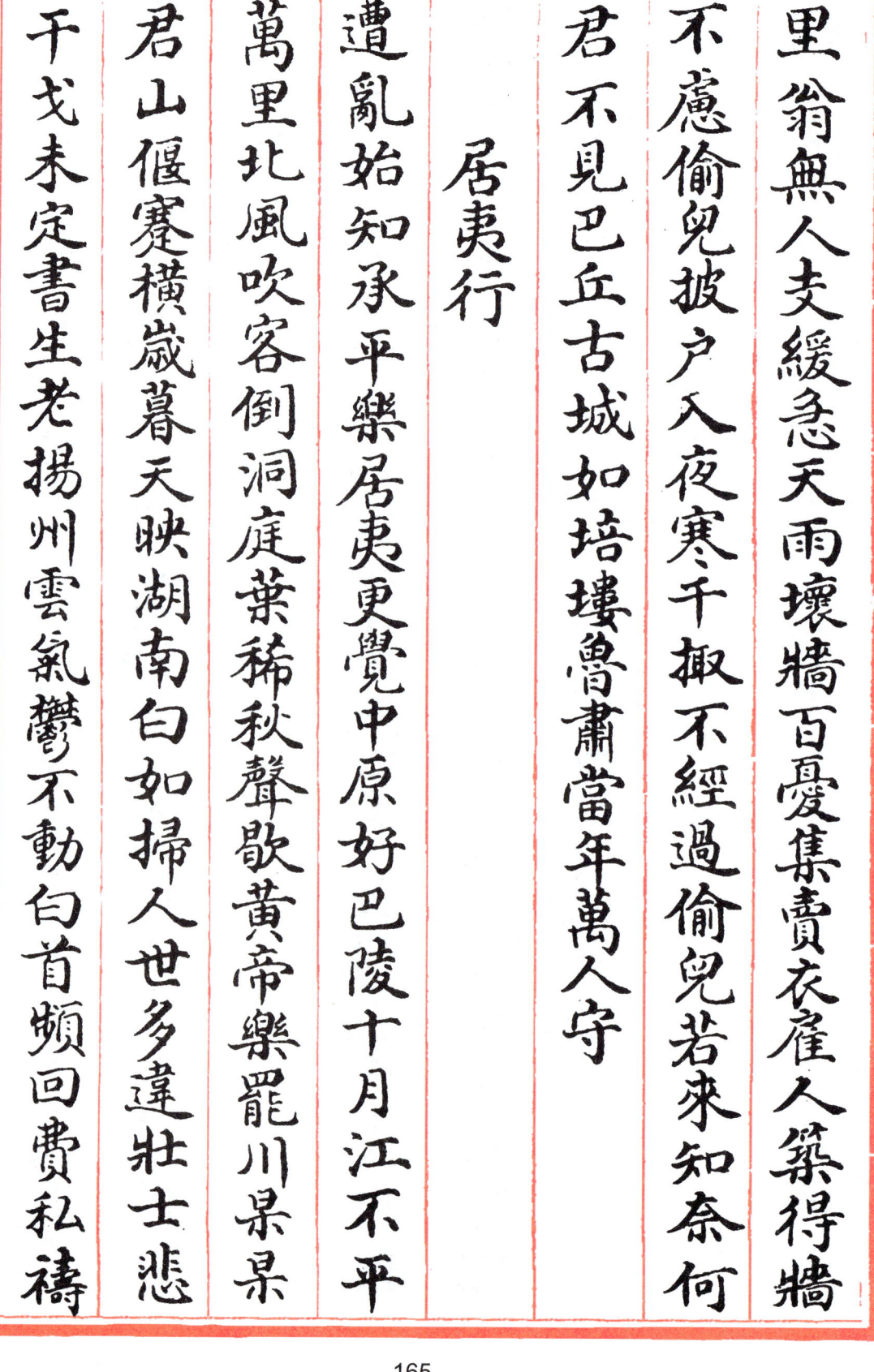

后勝誤齊已莫追范蠡圖越當若為皇天豈無悔過意
君子慎惜經綸時顧聞羣公張王室臣也安眠送餘日

陰風

陰風三日吹南極二月巴陵寒裂石長林巨木受軒輊
洞庭倒流瀟湘黑君不見古廬竹扉聲策策中有跉跰
落南客曾經破膽向炎官敢不修容待風伯

送王因叔赴試

楓落南紀明秋高洞庭白自是天涯人更送湖上客人

生險易乗除裏富貴功名從此起不須惜别作酸然滿
路新詩付吾子

留别康元質教授

腐儒身世已百憂此去行年豈堪記岳陽樓前一杯酒
與子同舟復同味洞庭秋氣連蒼梧天高地冷魚龍呼
莫倚仲宣能作賦不隨文若事征途

奇父先至湘陰書來戒由祿唐路而僕以他故由
南陽路來夾道皆松如行青羅步障中先寄奇父

雲接湘陰百里松肅肅穆穆湖南風隨時憂樂非人事

迎我笙簫起道中竹輿兩面天明滅秋今不到林西東

未必祿唐能辨此題詩著畫寄輿公

正月十二日至邵州十三日夜暴雨滂沱

邵州正月風氣殊鶉尾之南更山塢昨日已見三月花

今夜還聞五月雨殘輿天公一破顔走避北騎趨南蠻

夢到龍門聽潤水覺來簷溜正潺潺

謝主人

春禽勸我歸主人留我住一笑謝主人我自無歸處擬
借溪邊三畝春結茅依樹不依鄰伐薪正可煩名士分
米何須待故人

雷雨行

憶昨炎正中不融元帥仗鉞臨山東萬方嗷嗷叫上帝
黃屋已照睢陽宮嗚呼吾君天所立豈料四載猶服戎
禹巡會稽不到海未省駕舶觀民風定知諫諍有張猛
不可危急無高共自古美惡周必復兵戈汝莫窮妖凶

吉語四奏元氣通德音夜發春改容雷雨一日徧天下
父老感泣霑其胸臣少憂國今成翁欲起荷戟傷疲癃
小遊太乙未移次大樹將軍莫振功劉琨祖逖未足雄
晏球一戰烟塵空諸君努力光竹素天子可使塵常蒙
君不見夷門山頭虎復龍向來佳氣元葱葱

遥碧軒作呈使君少隱時欲赴召

我本山中人尺一喚起趨埃塵君為邊賊守作意邀山
入牕牖朝來爽氣如有期送我憑軒一杯酒丈夫已恐

猿鶴羞欲去且復斯須留西峯木脫亂鬟擁東嶺烟破
脩眉浮主人愛客山更好醉裏一笑驚蠻州丁寧雲雨
莫作厄明日青山當逐客

同范直愚單復遊浯溪

瀟湘之流碧復碧上有鐵立千尋壁河朔功就人預能
湖南碑成江動色文章得意易為好書雜劒矛天假力
四百年來如創見雷公雨師知此石小儒五載憂國淚
杖藜今日溪水側欲搜奇句謝兩公風作浪湧空心惻

己酉中秋之夕與任才仲醉於岳陽樓上明年十一月二十日南遊過道謁姜光彦出才仲畫軸則寫是夕事也翦燭觀之恍然一笑書八句以當畫記

去年中秋洞庭野寒瑶萬里兼天瀉岳陽樓上兩幅巾月入闌干影瀟洒世間此影誰能孤狂如我友人所無一夢經年無續處道州還見倚樓圖

夙興

美哉木枕與菅席無禁當興戴朝幘巷南巷北聞鍛聲
舍後舍前惟月色國事無功端未去竹輿伊軋猶昨日
不見武林城裏事繁華夢覺生荆棘成敗由來幾古今
乾坤但可著山澤西湖已無金碧麗雨抹晴妝尚娛客
會當休日一訪之摩挲蒼蘚慰崖石只恐冷泉亭下水
發明白髮增歎息

秋夜獨酌

涼秋佳夕天氣廓河漢之涯秋漠漠月出未出林彩變

幽人露坐方獨酌自歌新調酒如空天星下飲觥船中
忽思李白不可見夜半喬木揺西風百年佳月今幾夕
憂樂相尋老來疾瓊瑶滿地我影横添酒賦詩何可失

黄修職雨中送芍藥五枝

微雨濕清曉老夫門未開煌煌五仙子竝擁翠蕤來胭
脂洗盡不自惜為雨歸來更無力老夫五十尚可癡憑
軒一賦會真詩

均臺詞二首

小臺借春春已來平分和氣入均臺夜來臺邊草環綠

今朝芒生滿三木街頭拍手鬧千兒齊唱中和宣布曲

使君坐嘯鬧如雲請釀百川壽使君但願使君長樂職

不須更看杓虛實

東家西家爾我來聽說空圄如春臺決曹高卧印生綠

叢棘化為交遜木榮勲此木那可遺動地風揺枝不曲

願我無訟到來雲莫辭著力借寇君借得賢侯雖爾職

但恐朝廷要人調鼎實

留别葛汝州

平生師友塵莫數兩眼偏明向公許一時盛德人中驥

四海知名地上虎東序階墀再韡板西州杖屨三寒暑

我方庶兄湯惠休公乃小兒楊德祖未須還朝尺一詔

不媿專城大二組為公剩買銀管筆容我時親玉柄麈

近蒙五字落珠璣杜牧之詩云五字落珠璣如服一丸生翅羽别離

真成惜夜燭感歎更值歌朝雨行看入侍玉皇案與進

不待金剛杵勸公慎勿學孔光薦士何妨似張禹孔光傳弟

子見光居大位幾得其助光終一無所薦其公如此張
禹傳禹成就弟子尤著者淮陽彭宣至大司空沛郡戴
崇至少
府九卿

蒙賜佳什欽歎不足不揆淺陋輒次元韻

退之高文仰東岱籍湜傳盟其足賴固知法嗣要龍象
先生端是毗陵派方駕曹劉蓋餘力壓倒元白聊一快
向來班門收衆材賓履費公珠幾琲三熏會有堪此事
羣吠未免驚所怪但知樓仰百尺顛豈覺波涵千頃外
南州短簿令公喜巍峩峩冠陸離佩有如若士那可無

筆勢已超聲律界相將問道留十日滿座真成折牀會

清詩忽復墮華牋要使握瑜誇等輩

蒙示詠家弟所撰班史屬辭長句三歎之餘輒用

元韻以示家弟謹布師席

雋永雜俎雖甚旨何似三冬足文史羡子皮裏西京書

議論逼人驚亹亹戲為韻語網所遺人皆百能子千之

雖非張巡徧記誦豈與李翰爭毫釐不待區區隸古定

便令景宗知競病掇要虛煩四十篇三卷之博能擬聖

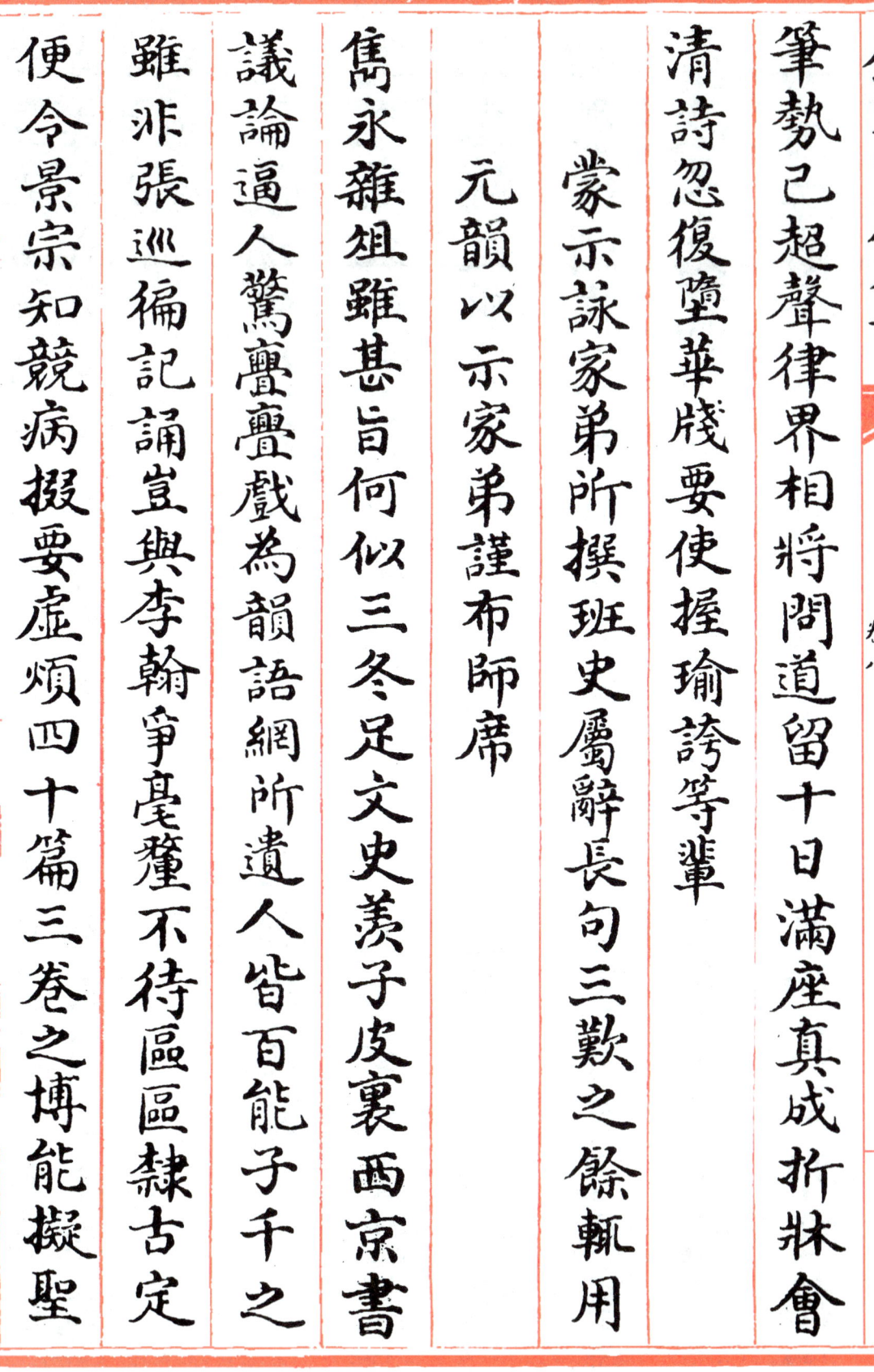

儒林文人摛藻春作詩印可融心神我亦從今悔迂學
不須更辨瓚稱臣
蒙再示屬辭三數之餘讚美巨麗無地託言輒依
元韻再成一章非獨助家弟致謝區區少褒之使
進學焉亦師席善誘之意也
書如嘉穀要知旨區區太冲空詠史百年能挂幾牛角
火急編摩時亹亹柳家文類今無遺可恐行事空違之
此書真是羣玉府事辭所不遺毫釐子不見劉勰書成

要人定豈但令人愈頭病偶向車前問沈公果符夢裏
隨先聖兩詩入手喜生春從今護持知有神便可繕寫
持獻御注解不須煩五臣

昨日侍巾鉢飯于天寧蒙示佳什謹次韻

朱門未知禪脫義富不期奢奢自至二葅雖寒故是公
萬羊賈禍徒封衛我公居塵不染塵便隨一鉢遺甘辛
出家雖非將相事食菜要是英雄人臞儒一生用心苦
何曾夢見雞映黍中丞惜福幸見分晚食從公當羔羜

崔趙公問徑山曰弟子出家得否答曰出家是大丈夫事豈將相所為出李肇國史補洪州廉使問一禪師曰弟子喫酒肉即是不喫酒肉即是答曰若喫是中丞祿不喫是中丞福

蒙再示佳什不敢虛厚賜謹再用韻

先生明經今蔡義念佛仍師大勢至大勢至王子曰我本因地以念佛心入無生地食菜不待周顒書要斷貪殺熏自衛顏回平生拾墮塵蓼蟲食蓼忘其辛先生種福我無禍成佛定是同功人兩詩見戒言甚苦肯賦黃雞啄秋黍從今但見嬾殘芋不敢求嘗鑒虛羜以上五首原本連接留別葛汝州詩後未標所指何人

承知府待制誕生之辰輒廣善思菩薩故事成古詩一首仰惟經世之外深入佛海而其欲託辭以寄款款適獲此事發寤於心似非偶然者獨荒陋不足以侈此殊慶耳

歲星欲吐芒不開昴星避此光低徊麒麟鸑鷟紛夾侍善思菩薩當重來仙公風流今幾歲再託高門瑞當世買香趁浴鷩衆聾要識此僧今我是金粟後身何足言釋迦親送非虛傳稽首西來大菩薩住世小劫須千年

宰官說法聊應會餘事文章亦三昧世間底物堪壽公本自金剛無可壞葛仙公起居注云于時在葛尚書家尚書年八十始有此子時忽有沙門自稱天竺僧于市大買香市怪問僧曰昨夜夢善思菩薩生葛尚書家將以香浴之到生時僧至燒香右繞三匝禮拜恭敬沐浴而止靈寶法輪經云葛仙公生始數日有外國沙門見仙公禮拜抱持而告仙公父母曰此是西方善思菩薩今來漢地教化衆生

遊紫邏洞

我不願封萬户侯願向紫邏從公遊郟州溪堂號州洞未有退之詩可留水近山流清澈底竹飽千霜節如此

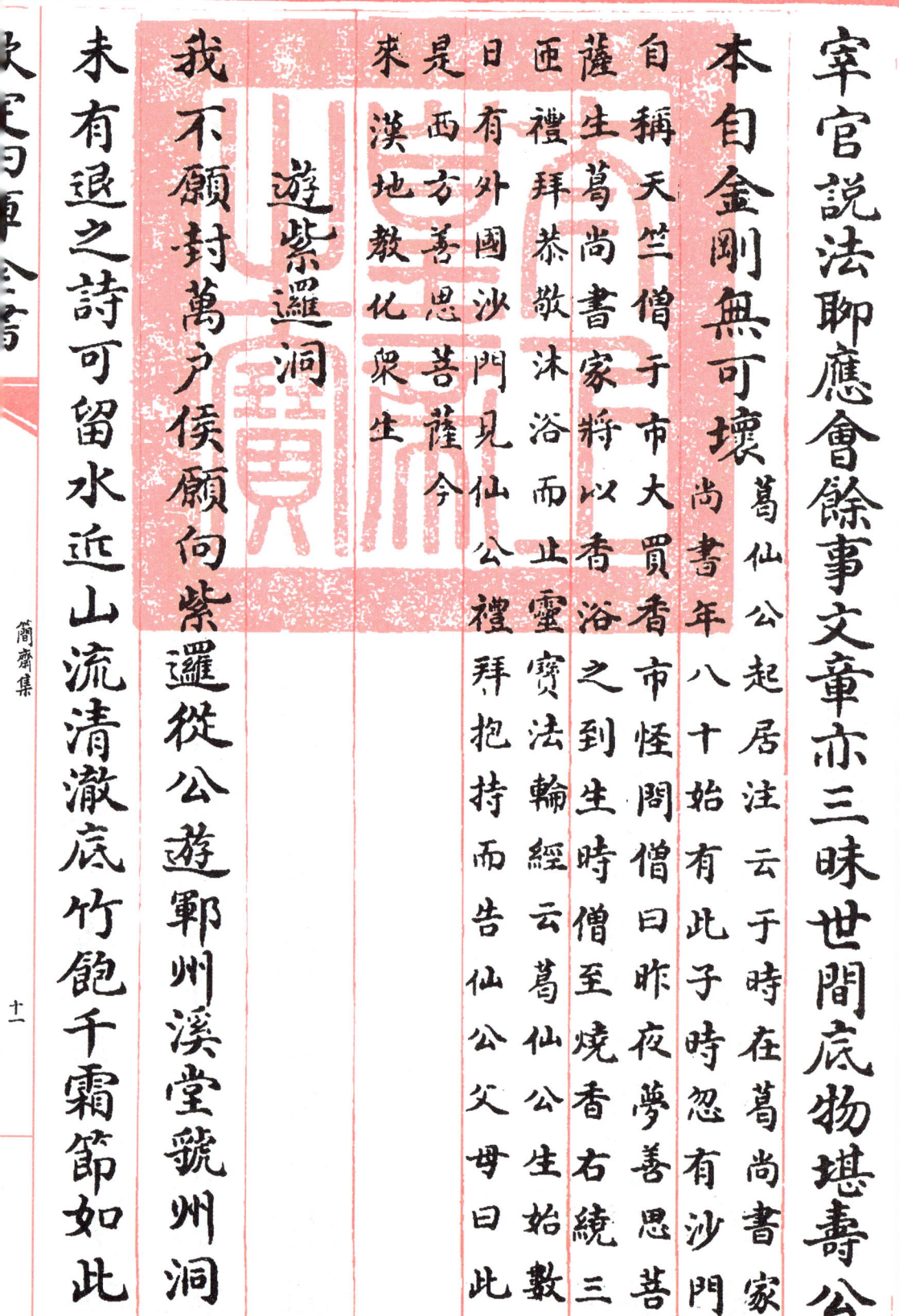

鄽廟之具千金軀底事便著山巖裏蒲鞭挂壁一事無
環珮聲中了朝晡祝融不到深林處客至五月懷貉狐
徇華大夫無此樂從渠遮山用翠幕若問此間奇絶處
但道胸中有丘壑

雪

仙人手持白鸞尾夜半朝元明月裏羽衣三振風不斷
下視銀潢一千里玉軌載花分後前欲落未落天恍然
餘標從向人間去乞與袁安破曉眠

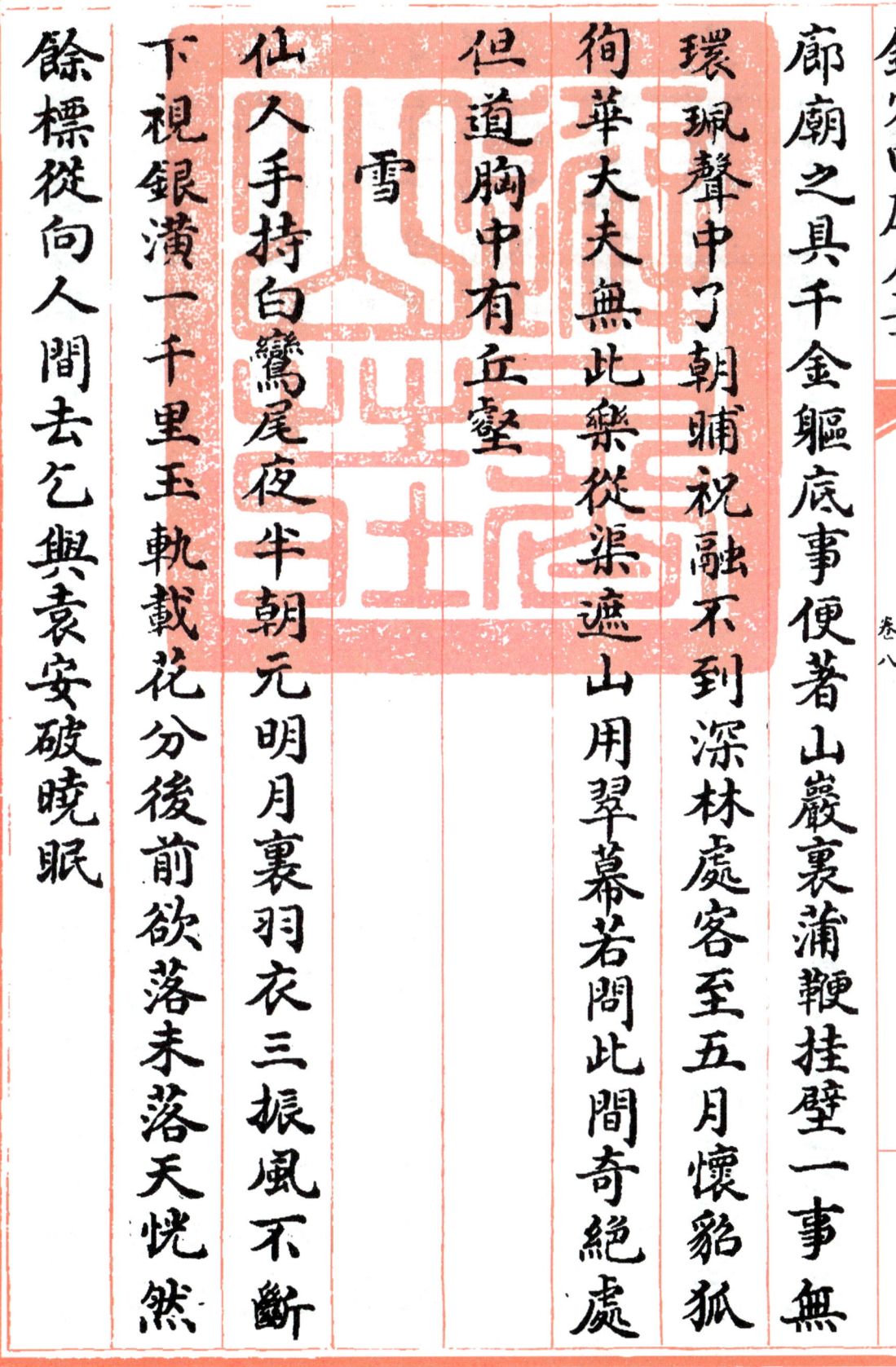

簡齋集卷八

欽定四庫全書

簡齋集卷九

宋 陳與義 撰

五言律詩

送呂欽問監酒受代歸

以我千金帚逢君萬斛船要知窮有自未覺嬾相先盆盎三年夢篇章四海傳怱怱秣歸馬離恨滿霜天

寄新息家叔

風雨淮西夢危魂費九升一官遮日手兩地讀書燈見客深藏舌吟詩不負丞竹林雖有約門戸要人興

年華

去國頻更歲為官不救飢春生殘雪外酒盡落梅時白日山川映青天草木宜年華不負客一一入吾詩

茅屋

茅屋年年破春風歲歲來寒從草根退花值客愁開時序添詩卷乾坤進酒杯片雲無思極日暮卻空迴

酴醾

雨過無桃李惟餘雪覆牆青天映妙質白日照繁香影動春微透花寒韻更長風流到尊酒猶足助詩狂

秋雨

蕭蕭十日雨穩送祝融歸燕子經年夢梧桐昨暮非一涼恩到骨四壁事多違袞袞繁華地西風吹客衣

西風

木末西風起中含萬里涼浮雲不愁思盡日只飛揚夢

斷頭將白詩成葉自黄不闗明主棄本出涸陰鄉

題許道寧畫

滿眼長江水蒼然何郡山向來萬里意今在一𢥠間衆木俱含晚孤雲遂不還此中有佳句吟斷不相闗

送張廸功赴南京掾二首

士固難推挽君其自寵珍詩成建安子名到斗南人晚歲還為客微官只為身向來書畫熟去不愧張巡岸闊舟仍小林空風更多能堪幾寒暑又作隔山河看

客休題鳳將書莫换鵝功名大槐國終要白鷗波

連雨書事四首

九月逢連雨蕭蕭穩送秋龍公無乃倦客子不勝愁雲

氣昏城壁鐘聲咽寺樓年年授衣節牢落向他州

風伯方安卧雲師亦少饕氣連河漢潤聲到竹松高老

鶴尤貪去寒蟬遂不號相悲更相識滿眼楚人騷

寒入薪芻價連天兩眼愁生涯赤藤杖契分黒貂裘烏

鵲無言暮蓬蒿滿意秋同時不同味世事劇悠悠

白菊生新紫黄蕪失舊青俱含歳晚恨併入夜深聽夢

寐連蕭索更籌亂晦冥雲移過吳越應為洗餘腥

道中寒食二首

飛絮春猶冷離家食更寒能供幾歳月不辦了悲歡刺

史蒲萄酒先生苜蓿盤一官違壯志百慮集征鞍

斗粟淹吾駕浮雲笑此生有詩酬歳月無夢到功名客

裏逢歸雁愁邊有亂鶯楊花不解事更作倚風輕

放慵

暖日熏楊柳濃春醉海棠放慵真有味應俗苦相妨宦
拙從人笑交疎得自藏雲移穩扶杖燕坐獨焚香
試院書懷
細讀平安字愁邊失歲華疎疎一簾雨淡淡滿枝花投
老詩成癖經春夢到家茫然十年事倚杖數棲鴉
棊
長日無公事閑圍李遠棊旁觀真一笑互勝不移時幸
未逢重霸何妨著獻之晴天散飛雹驚動隔牆兒

赴陳留

馬上摩挲眼出門光景新鴉鳴半陂雪路轉一林春舊歲有三日全家無十人平生鸜鵒盞今夕最關身

至陳留

烟際亭亭塔招人可得回等閑為夢了老健出關來日落河冰壯天長鴻雁哀平安遠遊意隨處一徘徊

客裏

客裏東風起逢人只四愁悠悠雜唯唯莫莫更休休牕

影鳥雙度水聲船逆流一官成一集盡付古河頭

遊八關寺後池上

落日生春色微瀾動古池柳林橫絶野藜杖去尋詩不有今年謫爭成此段奇殷勤雪顱老隨客轉荒陂

寒食

草草隨時事蕭蕭傍水門濃陰花照野寒食柳圍村客袂空佳節鶯聲忽故園不知何處笛吹恨滿清尊

雨

沙岸殘春雨茅簷古鎮官一時花帶淚萬里客憑闌日
晚薔薇重樓高燕子寒惜無陶謝手盡意破憂端

發商水道中

商水西門語東風動柳枝年華入危涕世事本前期草
草檀公策茫茫杜老詩山川馬前澗不敢計歸時

西軒寓居

牢落西軒客巡簷費獨吟桃花明薄暮燕子鬧微陰辛
苦元吾事淹留更此心小牕隨意寫蛇蚓起相尋

縱步至董氏園亭

池光脩竹裏笻杖季春頭客子愁無奈桃花笑不休百年今日勝萬里此生浮莽莽尊前事題詩記獨遊

春雨

花盡春猶冷羈心只自驚孤鶯啼永晝細雨濕高城擾擾成何事悠悠送此生蛛絲閃夕霽隨處有詩情

雨

忽忽忘年老悠悠負日長小詩妨學道微雨好燒香簷

鵲移時立庭梧滿意涼此身南復北彷彿是他鄉

夏夜

閑弄玉如意天河白練横時無李供奉誰識謝宣城兩鵲翻明月孤松立快晴南陽半年客復此滿懐清

將次葉城道中

荒野少人去竹輿伊軋聲晴雲秋更白野水暮還明寂寞信吾道淹留諳物情王喬有餘舄借我一東征

至葉城

蕪武初逢雁王喬欲借鳧深知念行李為報了長途難
穩三更枕遥憐五歲雛郤思正月事不敢恨榛蕪

岸幘

岸幘立清曉山頭生薄陰亂雲交翠壁細雨濕青林時
改客心動鳥鳴春意深窮鄉百不理時得一閒吟

雨

雲起谷全暗雨晴山復明青春望中色白澗晚來聲遠
樹鳥羣集高原人獨耕老夫逃世久堅坐聽陰晴

聞王道濟陷敵

海内堂堂友如今在敵圍虚傳袁盎脱不見華元歸浮世身難料危途計易非雲孤馬西嶺老淚不勝揮

夜賦寄友

賣藥韓康伯談經管幼安何來甘寂寞不是為艱難明月扶踈樹空園浩蕩寒細題今夕景持與故人看

雨

霏霏三日雨霭霭一園青霧澤含元氣風花過洞庭地

偏寒浩蕩春半客。竛竮多少人閒事，天涯醉又醒。

細雨

避寇煩三老，那知是舊遊。平湖受細雨，遠岸送輕舟。天地悲深阻，山川慰久留。參差發鄰舫，未覺壯心休。

別伯恭

尊酒相逢地，江楓欲盡時。猶能十日客，共出數年詩。供世無筋力，驚心有別離。好為南極柱，深慰旅人悲。

再別

多難還分手江邊白髮新公為九州督我是半途人政
爾傾全節終然郤要身平生第温嶠未必下張巡

別孫信道

萬里鷗仍去千年鶴未歸極知身有幾不奈世相違歲
暮蒹葭響天長鴻鴈微如君那可别老淚欲沾衣

適遠

處處非吾土年年避敵兵何妨更適遠未免一傷情石
岸烟添色風灘暮有聲平生五字律頭白不貪名

道中

雨子收還急溪流直又斜迢迢傍山路漠漠滿林花破
水雙鷗影掀泥百草芽川原有高下隨處著人家

金潭道中

晴路籃輿穩舉頭閑望睇前岡春泱漭後嶺雪槎枒海
內兵猶壯村邊歲自華客行驚節序回眼送桃花

曉發杉木

古澤春光淡高林露氣清紛紛世上事寂寂水邊行客

子凋雙鬢田家自一生有詩還忘記無酒卻思傾

初至邵陽逢入桂林使作書問其他之安危

湖北彌年所長沙費月餘初為邵陽夢又作桂林書老矣身安用飄然計本疎管寧遼海上何得便端居

過孔雀灘贈周静之

海内無堅壘天涯有近親不辭供笑語未慣得殷勤舟楫深宜客溪山各放春高眠過灘浪已寄百年身

夜抵貞牟

野暝猶聞遠川明不恨遲焚山隔岸火及我繫船時夜
半青燈屋籬前白水陂殷勤謝地主小築欲深期

晚步

昳昳意不釋出門聊散憂雨餘山欲近春半水爭流衆
籟夕還作孤懷行轉幽溪西篁竹亂微徑雜歸牛

雨

雲物淡清曉無風溪自閑柴門對急雨壯觀滿空山春
發蒼茫内鳥鳴篁竹間兒童笑老子衣濕不知還

洛頭書事

綸巾古鶴氅日暮檞林間誰使翁迎客應聞屐響山占年又得熟勸我不須還村酒困壯士水風吹醉顔

夏夜

遠遊萬事裂獨立數峯青明月照山木荒村鐃夜螢翻翻雲度漢歷歷水浮星遥舍燈已盡幽人門未扃

愚溪

小閣當喬木清溪抱竹林寒聲日暮起客思雨中深行

李妨幽事闌干試獨臨終然遊子意非復昔人心

宿資聖院閣

暮投山崦寺高處絶人羣遠岫林間見微泉舍後聞閣虚雲亂入江闊野横分欲與僧為記今年嬾作文

過下杯渡

夜宿下杯館朝鳴一棹東湖平天盡落峽斷海横通冉冉雲隨舸茫茫鳥遡風仙人蓬島上遥見我乘空

泛舟入前倉

曾鼓鹽田棹前倉不足言盡行江左路初過浙東村春

去花無迹潮歸岸有痕百年都幾日聊復信乾坤

簡齋集卷九

欽定四庫全書

簡齋集卷十

宋 陳與義 撰

五言律詩

病中夜賦

抱病喜清夜形羸心獨開不知藥鼎沸錯認雨聲來歲晚燈燭麗天長鴻鴈哀書生惜日月攲枕意茫哉

瓶中梅

明牕淨棐几玉立耿無鄰紅緑兩重袂殷勤满面春曾為庾嶺客本是洛陽人老我何顔貌東風處處新

除夜

疇昔追歡事如今病不能等閒生白髮耐久是青燈海内春還满江南硯不冰題詩餞殘歲鐘鼓報晨興

雨中

北客霜侵鬢南州雨送年未聞兵革定從使歲時遷古澤生春靄高空落暮鳶山川含萬古鬱鬱在尊前

渡江

江南非不好楚客自生哀摇楫天平渡迎人樹欲來雨餘呉岫立日照海門開雖異中原險方隅亦壯哉

得張正字書

送我茅屋底天寒人跡稀一觴尤有味萬事已無機歲暮塔孤立風生鵶亂飛此時張正字書札到郊扉

小閣

闌干横歲暮徙倚度陰晴木落太湖近梅開南紀明病

餘仍愛酒身後更須名鸛鶴忽雙起吾詩還欲成

得長春兩株植之牕前

鄉邑已無路僧廬今是家聊乘數點雨自種兩叢花籬落失秋序風烟添歲華衰翁病不飲獨立到棲鴉

拒霜

拒霜花已吐吾宇不淒涼天地雖肅殺草木有芬芳道人宴坐處侍女古時妝濃露濕丹臉西風吹緑裳

心老久許為作畫未果以詩督之

布衲王摩詰禪餘寄筆端試將能事迫肯作畫工難秋
入無聲句山連欲雨寒平生夢想處奉乞小巑岏

知府示秋日郡圃佳製次韻四首

歲月移文外乾坤杖屨中鏗然五字律健在百夫雄秋
入池深碧寒欺葉遮紅此間無吏隱端不減遊嵩客有遊嵩
山者歸以語公公以不得遊為恨
鳥語知公樂山晴及我遊盡排物外事拚作酒中浮菊
藥離雙鬢林聲隱四愁騷人例喜賦政自不關秋

竹際笙簧起囘聽衆籟微時陪物外賞肯念日斜歸草
色違秋意池光淨客衣吟公清絶句政爾不能肥
一笑聊開口千憂不上眉林深受風得柏老到霜知小
憩逢筠洞幽尋及枳籬頗公勤秉燭裁詠𥚃離離

翁高郵挽詩

萬里功名路三生翰墨身暮年銅虎重浮世石羊新天
地慳豪傑山川泣吏民空傳四十詠竟不識斯人

劉大資挽詞二首

天柱欹傾日堂堂墮急圍遂聞王蠋死不見華元歸一代名超古千年淚染衣當時如有繼猶足變危機

一死公餘事由來彼亦人使知臨難日猶有不欺臣河洛傾遺憤英雄歎後塵煌煌中興業公合冠麒麟

七言律詩

次韻周教授秋懷

一官不辦作生涯幾見秋風卷岸沙宋玉有文悲落木陶潛無酒對黃花天機袞袞山新瘦世事悠悠日自斜

誤矣載書三十乘東門何地不宜瓜

夜雨

經歲柴門百事乖此身只合卧蒼苔蟬聲未足秋風起木葉俱鳴夜雨來棊局可觀浮世理燈花應為好詩開獨無宋玉悲歌念但喜新涼入酒杯

連雨不能出有懷同年陳國佐

雨師風伯不吾謀漠漠窮陰斷送秋欲過蕪端泥浩蕩定知高鳳麥漂流簷前甘菊已無葢階下決明還可憂

安得如鴻六尺馬暫時相就説新愁

目疾

天公嗔我眼常白故著昏花阿堵中不怪參軍談瞎馬

但妨中散送飛鴻著籬令惡誰能對損讀方奇定有功

九惱從來自佛種會如那律證圓通

以事走郊外示友

二十九年知己非今年依舊壯心違黄塵滿面人猶去

紅葉無言秋又歸萬里天寒鴻雁瘦千村歲暮鳥烏微

往來屑屑君應笑要就南池照客衣

十月

十月北風催歲闌九衢黃土汙儒冠歸鴉落日天機熟老雁長雲行路難欲詰熱官憂冷語且求濁酒寄清歡孤吟坐到三更月枯木無枝不受寒

題小室

暫脱朝衣不當閑澶州夢斷已多年諸公自致青雲上病客長齋繡佛前隨意時為獅子卧安心嬾作野狐禪

爐烟忽散無蹤跡屋上寒雲自黯然

次韻張廸功春日

年年春日寒欺客今日春無一半寒不覺轉頭逢歲換
便須指眼待花看爭新遊女幡垂鬢依舊先生日照盤
從此不憂風雪厄杖藜時可過蕪端

又和歲除感懷用前韻

宦情吾與歲俱闌只有詩盟偶未寒鬢色定從今夜改
梅花已判隔年看高門召客車稠疊下里燒香篆屈盤

我亦三杯聊復爾夢回鵷鷺出朝端

張廸功攜詩見過次韻謝之二首

黄紙紅旗意未闌青衫俱不救飢寒久拋三徑未得返
偶有一錢何足看世事豈能磨鐵硯詩盟聊可歃銅盤
不嫌野外時紆蓋政要相從叩兩端
黄雞白日唱初闌便覺杯觴耐薄寒坐上客多真足樂
牀頭易在不須看更思深徑挼紅藥政待移廚洗玉盤
苦恨重城催興盡歸時落日尚雲端

即席重賦且約再遊二首

牆頭花定覺風闌牆外池深酒亦寒馬健莫愁歸路遠詩成未許俗人看釣魚不用尋温水濯髮真如到湔盤一笑得君天所借尊前無地著憂端

詩情不與歲情闌春氣猶兼水氣寒怪我問花終不語須公走馬更來看共知浮世悲駒隙即見平波散炎盤得一老兵雖可飲從今取友要須端

次韻家叔

袞袞諸公車馬塵先生孤唱發陽春黄花不負秋風意
白髮空隨世事新閉戶讀書真得計載肴從學豈無人
只應又被支郎笑從者依然困在陳

次韻答張廸功坐上見貽張將赴南都任二首

足錢便可不須侯免對妻兒賦百憂一笑相逢亦奇事
平生所得是清流談天安用如鄒子掃地還應學趙州
南北東西底非夢心閑隨處有真游
千首能輕萬戶侯誦君佳句解人憂夢闌塵裏功名晚

笑罷尊前歲月流世事無窮悲客子梅花欲動憶吾州

明朝又作河梁别莫負平生馬少游

次韻謝表兄張元東見寄

平生張翰極風流好事工文妙九州燈裏偶然同一笑

書來已似隔三秋林泉入夢吾當隱花鳥催詩歲不留

安得清談一陶寫令人絶憶許文休

若拙弟説汝州可居已約卜一丘用韻寄元東

四歲冷官桑濮地三年羸馬帝王州陶潛迷路已良遠

張翰思歸那待秋病鶴欲飛還躑躅孤雲將去更遲留
盍簪共結雞豚社一笑相從萬事休

元方用韻見寄次韻奉謝兼呈元東二首

大難詞源三峽流小難詩不數蘓州了無徐生齊氣累
正值甯子商歌秋鵠飛千里從此始驥絕九衢誰得留
歲晚煩公起我病兩篇三歎不能休
一歎元髮水東流兩脚黃塵閱幾州王湛時須看周易
虞卿未敢著春秋不辭彭澤腰常折卻得邯鄲夢少留

有句驚人雖可喜無錢使鬼故宜休

元方用韻寄若拙弟邀同賦元方將托若拙覓顔

淵之五十畝故詩中見意

夢中與世極周流錯認三刀是得州擬學耕田給公上

要為同社醉春秋橐間已辦青芒屩桑下想聞黄粟留

儻有幽人諮出處為言無況莫來休

西郊春事寖入老境元方欲出遊以無馬未果今

得詩又有舉鞭何日之歎因次韻招之

毛穎陳元雖勝流也須從事到青州重吟玉樹懐崔子
欲唱金衣無杜秋官柳正須工部出園花猶為退之留
籃輿自可煩兒輩一笑來從檝下休

答元方述懐作

不見圓機論九流紛紛騎鶴上揚州令之敢恨松桂冷
君叔但傷蒲柳秋汝海蛇杯應已悟襄陵駒隙竟難留
來牛去馬無窮債未盍棺前盍少休

次韻家弟碧線泉

七孔穿針可得過冰蠶映日吐寒波練飛空詠徐凝水
帶斷疑分漢帝河川后不愁微步襪鮫人暗動卷綃梭
才高下視元虚賦對此區區轉患多

次韻光化宋唐年主簿見寄二首

茂林當日映羣賢也喚畸人到席間棄我便驚車轍遠
懐君端合鬢毛斑夢中猶得攀珠樹别後難忘到玉山
遥想詩成寄來日筆端風雨發天慳
高人主簿固非宜天馬何妨略受鞿會有梅花堪寄遠

可因蓴菜便懐歸相如未免家徒壁季子行看妻下機
且復哦詩置此事江山相助莫相違

再用景純韻詠懐二首

路斷赤墀青瑣賢士龍從此屋三間愁邊潘令鬢先白
夢裡老萊衣更斑欲學大招那有賦試謀小隱可無山
一錢留得真堪笑未到囊空猶是慳
木枕蒲團病更宜從教惡少事搴幾元無王老又何怨
不有麴生誰與歸六日取蟾乖世用三年刻楮費天機

只因杖履從公處未覺平生與願違

同家弟用前韻謝判府惠酒

銜杯樂聖便稱賢無酒猶堪臥甕閒使者在門雖僕僕

麴車入夢正斑斑不煩白水真人力來自青城道士山

千載王宏同竝美未應杞菊賦寒慳

日飲知非貧士宜要逃語穽稅心機楚辭心羈而不亂所須惟

酒非虛語以醉為鄉可徑歸鸘鵊鸕鷀俱得道螟蛉蜾

羸共忘機狂言戲作麻姑送無奈閽人與我違

從舍蒙大成賜詩案此詩與前二首原本並錯置第十二卷景純再示佳什二章之後致前二首所用韻及後一首謝楊工曹所用韻各離隔不屬今移正

南北東西共一廛得抵隨處可妝身卜居賦就知謀拙入宅詩成覺意新三徑蓬蒿猶恨淺九流賓客未嫌貧不須更待高軒過袖有珠璣已照鄰

謝楊工曹用前韻

借屋三間稍離廛攜書一束謾娛身客居最負青春好世事還隨白髮新造化小兒真薄相市朝大隱亦長貧

獨無芧粟供賓客虛辱先生賦比鄰

次十七叔去鄭詩韻二章以寄家叔一章以自詠

鄉里小兒真可憐市朝大隱正陶然固應聊送屈原橋底事便歌楊惲田廣陌遙知駒款段曲池猶記鷺聯拳對牀夜雨平生約話舊應驚歲月遷

蚍蜉堪笑亦堪憐撼樹無功更怫然賦就柳州聊解祟詩成彭澤更歸田身謀共悔蛇安足理遺須看佛舉拳慷祖定知當晚合次君未可怨稀遷

鏡中無復故人憐卻媿謀生後計然叔夜本非堪作吏元龍今悔不求田懐親更值薪如桂作客重堪粟過拳萬事巧違高枕卧憂來一夕費三遷

簡齋集卷十

欽定四庫全書

簡齋集卷十一

宋 陳與義 撰

七言律詩

趙虚中有石名小華山以詩借之

君家蒼石三峯樣磅礴乾坤氣象横賤子與山曾半面

小牕如夢慰平生爐烟巧作公超霧書冊尚避秦皇城

病眼朝來欲開嬾借君巖岫障新晴

次韻樂文卿北園

故園歸計墮虛空啼鳥驚心處處同四壁一身長客夢百憂雙鬢更春風梅花不是人間白日色爭如酒面紅且復高吟置餘事此身能費幾詩筒

歸洛道中

洛陽城邊風起沙征衫歲歲負年華歸途忽踐楊柳影春事已到蕪菁花道路無窮幾傾轂牛羊既飽各知家人生擾擾成底事馬上哦詩日又斜

龍門

不到龍門十載強斷崖依舊掛斜陽金銀佛寺浮佳氣花木禪房接上方羸馬作來還徑去流鶯多處最難忘老僧不作留人意看水看山白髮長

次韻謝心老以緣事至魯山

禪師瓶貯幾多空欲問以書無去鴻魯縣人迎波若杖天寧樹起吉祥風荒山春色篇章裏快士交情筆硯中一日塵沙雙眼碧歸時應與去時同

友人惠石兩峯巉然取杜子美玉山高並兩峯寒之句名曰小玉山

舊喜看書今不看且留雙眼向孱顔從來作夢大槐國此去藏身小玉山暮靄朝曦一生了高天厚地兩峯閒

九華詩句喧寰宇細比真形伯仲間家有壺中九華石刻

次韻王堯明郊祀顯相之作

奏書初不待衡譚奠璧都南萬玉參黄屋倚霄明半夜紫壇承月眩諸龕聲喧大呂初終六影動元圭陟降三

可是天公須羯鼓已迴寒馭作春酣

道山宿直

離離樹子鵲驚飛獨倚枯笻無限時千丈虛廊貯明月
十分奇事更新詩人間路絕窻扉語天上雲空閣影移
遥想王戎燭下算百年辛苦一生癡

雨晴

天接西南江面清纖雲不動小灘横牆頭語鵲衣猶濕
樓外殘雷氣未平盡取微涼供穩睡急搜奇句報新晴

今宵勝絶無人共卧看星河盡意明

十月

十月天公作許悲負霜鴻雁不停飛莽連萬里雲山去

紅盡千林秋徑歸病夫搜句了節序小齋焚香無是非

睡過三冬莫開户北風不貸芰荷衣

漫郎

漫郎功業太悠然拄笏看山了十年黒白半頭明鏡裏

丹青千樹惡風前星霜屢費驚人句天地元須使鬼錢

踏破九州無一事只今分付結跏禪

送善相僧超然歸廬山

九疊峯前遠法師長安塵染坐禪衣十年依舊雙瞳碧萬里今持一笑歸鼠目向來吾自了龜腸從與世相違

酒酣更欲煩公説黄葉漫山錫杖飛

對酒

新詩滿眼不能裁鳥度雲移落酒杯官裏簿書無日了樓頭風雨見秋來是非袞袞書生老歳月怱怱燕子回

笑撫江南竹根枕一尊呼起鼻中雷

後三日再賦

天生癭木不須裁說與兒童是酒杯落日留霞知我醉長風吹月送詩來一官擾擾身增病萬事悠悠首獨回不奈長安小車過睡鄉深處作奔雷

對酒在陳留賦

陳留春色撩詩思一日搜腸一百迴燕子初歸風不定桃花欲動雨頻來人間多待須微禄夢裡相逢記此杯

白竹扉前容醉舞烟村渺渺欠高臺

感懷

少日爭名翰墨塲只今扶杖送斜陽青青草木浮元氣渺渺山河接故鄉作吏不妨三折臂搜詩空費九迴腸子房與我同覊旅世事千般酒一觴

招張仲宗

北風日日吹茅屋幽子朝朝只地爐客裏賴詩爭意氣老來惟嬾是工夫空庭喬木無時事殘雪疎籬當畫圖

亦有張侯能共此焚香相待莫徐徐

寓居劉倉廨中晚步過鄭倉臺上

綸巾鶴氅過荒陂滿面春風二月時世事紛紛人易老

春陰漠漠絮飛遲士衡去國三間屋子美登臺七字詩

草遶天西青不盡故園歸計入支頤

晚步順陽門外

六尺枯藜了此生順陽門外看新晴樹連翠篠圍春晝

水泛青天入古城夢裡偶來那計日人間多事更聞兵

只應十載溪橋路欠我蹩跚勃窣行

秋日客思

南北東西俱我鄉聊從地主借胡牀諸公共得何侯力遠客新抄陸氏方老去事多藜杖在夜來秋到葉聲長蓬萊可托無因至試覓人間千仞岡

寄季申

雨歇城西泥未乾遥知獨立整衣冠舊時鄴下劉公幹今日遼東管幼安緑陰展盡身猶遠黄鳥飛來節已闌

安得一尊生耳熱暫時相對說悲歡

重陽

去歲重陽已百憂今年依舊歎覊遊籬底菊花惟解笑鏡中頭髮不禁秋涼風又落宮南木老雁孤鳴漢北州如許行年那可記謾排詩句寫新愁

出城西送客

鄧州誰亦解丹青畫我羸驂曉出城殘年政爾供愁了末路那堪送客行寒日滿川分衆色暮林無葉寄秋聲

垂鞭歸去重回首意落西南計未成

得席大光書以詩迓之

十月風高客子悲故人書到暫開眉也知廊廟當推轂

無奈江山好賦詩萬事莫論兵動後一杯當及菊殘時

喜心翻倒相迎地不怕寒林十里陂

無題

六經在天如日月萬事隨時更故新江南丞相浮雲壞

洛中先生宰木春孟喜何妨改師法京房底處有門人

舊愛讀書今嬾讀焚香閱世了閑身

清明

雨晴閑步澗邊沙行入荒林聞亂鵶寒食清明驚客意

暖風遲日醉梨花書生投老王官谷壯士偷生漂母家

不用鞦韆與蹴踘只將詩句答年華

觀江漲

漲江臨眺足消憂倚杖江邊地欲浮疊浪併翻孤日去

兩津橫卷半天流黿鼉雜怒爭新穴鷗鷺驚飛失故州

可為一官妨快意眼中惟覺欠扁舟

舟次高舍書事

漲水東流滿眼黄泊舟高舍更情傷一川木葉明秋序兩岸人家共夕陽亂後江山元歷歷世間岐路極茫茫遥指長沙非謫去古今出處兩凄凉

登岳陽樓二首

洞庭之東江水西簾旌不動夕陽遲登臨吴蜀横分地徙倚湖山欲暮時萬里來遊還望遠三年多難更凭危

白頭弔古霜風裏老木蒼波無限悲

天入平湖晴不風夕帆和雁正浮空樓頭客子杪秋後

日落君山元氣中北望可堪回白首南遊聊得看丹楓

翰林物色分留少詩到巴陵還未工

巴秋書事

三分書裏識巴丘臨老避兵初一遊晚木聲酣洞庭野

晴天影抱岳陽樓四年風露侵遊子十月江湖吐亂洲

未必上流須魯肅腐儒空白九分頭

再登岳陽樓感慨賦詩

岳陽壯觀天下傳樓陰背日隄綿綿草木相連南服内江湖異態闌干前乾坤萬事集雙鬢臣子一謫今五年欲題文字弔今古風壯浪湧心茫然

除夜

城中爆竹已殘更朔吹翻江意未平多事鬢毛隨節換盡情燈火向人明比量舊歲聊堪喜流轉殊方又可驚明日岳陽樓上去島烟湖霧看春生

火後問舍至城南有感

魂傷瓦礫舊曾遊尚想奔烟萬馬遒遂替他人作正月絶知回路想巴丘書生性命曾經試客子茅茨費屢謀惟有君山故窈窕一眉晴緑向人浮

望燕公樓下李花

燕公樓下繁華樹一日遥看一百迴羽葢夢餘當晝立縞衣風急過牆來洛陽路不容春到南國花應為客開今日豈堪簪短髮感時傷舊意難裁

陪粹翁舉酒于君子亭下海棠方開

世故驅人殊未央聊從地主借繩牀春風浩浩吹遊子暮雨霏霏濕海棠去國衣冠無態度隔簾花葉有輝光使君禮數能寛否酒味撩人我欲狂

春夜感懷寄席大光

管寧白帽且蹁躚孤鶴歸期難計年倚杖東南觀百變傷心雲霧隔三川江湖氣動春還冷鴻雁聲迴人不眠苦意西州老太守何時相伴一燈前

雨中對酒庭下海棠經雨不謝

巴陵二月客添衣草草杯觴恨醉遲燕子不禁連夜雨
海棠猶待老夫詩天翻地覆傷春色齒豁頭童祝聖時
白竹籬前湖海闊茫茫身世兩堪悲

周尹潛以僕有郢州之命作詩見贈有橫槊之句

次韻謝之

一歲憂兵四閱時偷生不恨隙駒馳如何南紀持竿手
卻把西州破賊旗儻有青油盛快士何妨畫戟入新詩

因君調我還增氣男子平生竟要奇

次韻尹潛感懷

北兵又看繞淮春歎息猶為國有人可使翠華周寓縣
誰持白羽静風塵五年天地無窮事萬里江湖見在身
共說金陵龍虎氣放臣迷路感烟津

贈傅子文

漁子牧兒談笑新先生勝日步湖濆沙邊忽見長身士
頭上仍敲折角巾豺虎不能寬遠俗山川終要識詩人

蘆叢如畫斜陽裏拄杖相尋無雜賓

江行野宿寄大光

檣烏送我入蠻鄉天地無情白髮長萬里回頭看北斗三更不睡聽鳴榔平生正出元子下此去還經思曠旁投老相逢難袞袞共恢詩律撼瀟湘

寄信道

衡山未見意如飛浩蕩風帆不可期卻憶府中三語掾空吟江上四愁詩高灘落日光零亂遠岸叢梅雪陸離

賸欲平生持寄子白頭才盡只成悲

衡岳

野客原耕嵩岳田得遊衡岳是前緣避兵徑度吾豈恐欲雨還休神所憐世亂不妨松偃蹇村空更覺水潺湲非無拄杖終傷老負此名山四十年

簡齋集卷十一

欽定四庫全書

簡齋集卷十二

宋　陳與義　撰

七言律詩

元日

五年元日只流離楚俗今年事事非後飲屠蘇驚已老長乘舴艋竟安歸攜家作客真無策學道刳心卻自違汀草岸花知節序一身千恨獨霑衣

先寄邢子友

作客經年樂有餘邵陽岐路不崎嶇山川好處敧紗帽

桃李香中度筍輿欲見舊交驚歲月剩排幽語說艱虞

人間書疏非吾事一首新詩未可無

立春日雨

衡山縣下春日雨遠映青山縧樣斜容易江邊欺客袂

分明沙際濕年華竹林路隅生新水古渡船空集亂鴉

末暇獨憂巾一角西溪當有續開花

山中

當復入州寛作期人間踏地有安危風流丘壑真吾事

籌策廟堂非所知白水春陂天淡淡蒼峯晴雪錦離離

恰逢居士身輕日正是山中多景時

三月二十日聞德音寄李德升席大光新有召命

皆寓永州

塵隔斗牛三月餘德音再與萬方初又蒙天地寛今歲

且掃軒牕讀我書自古安危關政事隨時憂喜到樵漁

零陵併起扶顛手九廟無歸計莫踈

題東家壁

斜陽步屧過東家便置清尊不煮茶高柳光陰初罷絮嫩凫毛羽欲成花羣公天上分時棟閒客江邊管物華醉裏吟詩空跌宕借君素壁落棲鴉

散髪

百年如寄亦何為散髪清狂未足非南澗題詩風滿面東橋行藥露霑衣松花照夏山無暑桂樹留人吾豈歸

藜杖不當軒蓋用穩扶居士莫相違

觀雨

山客龍鍾不解耕開軒危坐看陰晴前江後嶺通雲氣萬壑千林送雨聲梅壓竹枝低復舉風吹山角晦還明不嫌屋漏無乾處正要羣龍洗甲兵

寄德升大光

君王憂詔起羣公也寘樵夫尺一中易著青衫隨世事難將白髮犯秋風共談太極非無意能繫蒼生本不同

卻倚紫陽千丈嶺遥瞻黄鵠九霄東

次韻邢九思

百年鼎鼎雜悲歡老去初依六祖壇元宴不堪長抱病子真那復更為官山林未必容身得顔面何宜與世看白帝高尋最竒事共君盟了不應寒

題道州甘泉書院

甘泉坊裏林影黒呉氏舍前書牓鮮牀座略容摩詰借桂枝應待小山傳兵横海内猶紛若風到湖南還穆然

勉效周生述孔業賦詩吾獨愧先賢

度嶺

年律將窮天地溫兩州風氣此橫分已吟子美湖南句
更擬東坡嶺外文隔水叢梅疑是雪近人孤嶂欲生雲
不愁去路三千里少住林間看夕曛

次韻謝呂居仁居仁時寓賀州

別君不覺歲時荒豈意相逢魑魅鄉篋裏詩書總寥落
天涯行貌各昂藏江南今歲無征戰嶺表窮冬有雪霜

儻可卜鄰我欲住草茅為蓋竹為梁

舟行遣興

會稽尚隔三千里臨賀初盤一百灘殊俗問津言語異長年為客路岐難背人山嶺重重去照鵠梅花樹樹殘酌酒柁樓今日意題詩船壁後來看

康州小舫與耿伯順李德升席大光鄭德象夜話以更長愛燭紅為韻得更字

萬里衣冠京國舊一船風雨晉康城燈前顔面重相識

海内艱難各飽更天闊路長吾欲老夜闌酒盡意難傾
明朝古峽蒼烟道都送新愁入櫓聲

與大光同登封州小閣

去程欲數莽難知三日封州更作遲青嶂足稽天下士
錦囊今有嶠南詩共登小閣春風裏回望中原夕靄時
萬本梅花為我壽一杯相屬未全癡

雨中再賦海山樓

百尺闌干横海立一生襟抱與山開岸邊天影隨潮入

樓上春容帶雨來慷慨賦詩還自恨徘徊舒嘯却生哀
世間猛士今安在非復當年單父臺

贈漳州守綦叔厚

過盡蠻荒興復新漳州畫戟擁詩人十年去國九行旅
萬里逢公一欠伸王粲登樓還感慨紀瞻赴召欲逡巡
繩牀相對有今日賸醉齋中軟脚春

自黄巖縣舟行入台州

宴坐峯前衝雨急黄巖縣裏借舟遲百年癡黠不相補

萬事悲歡豈可期莽莽蒼波兼宿霧紛紛白鷺落山陂
只應江海淒涼地欠我臨風一賦詩

送熊博士赴瑞安令

衣冠袞袞相逢處草木蕭蕭未變時聚散同驚一枕夢
悲歡各誦十年詩山林有約吾當去天地無情子亦飢
笑領銅章非失計歲寒心事欲深期

醉中

醉中今古興衰事詩裏江湖搖落時兩手尚堪杯酒用

寸心惟是鬢毛知稽山擁郭東西去禹穴生雲朝暮奇
萬里南征無賦筆茫茫遠望不勝悲

懷天經智老因訪之

今年二月凍初融睡起苕溪緑向東客子光陰詩卷裏
杏花消息雨聲中西菴禪伯還多病北柵儒先只固窮
忽憶輕舟尋二子綸巾鶴氅試春風

和孫升之

姬國餘芳代有人于今公子秀溪濆處心如水尚書市

能賦臨流靖節君花島紅雲春句麗月梅疎影異香聞
囊開古錦湖山出何意一星窺妙文此和升之咏周堅仲十二年前到周子壁間有詩曾見之故有一星窺妙文之句

寺居

招提遠占一牛鳴阻絕干戈得暫經夢境了知非有實
醉鄉不入自常醒樓臺近水涵明鑑草樹連空寫素屏
物象自堪供客眼未須覓句戶長扃

與義竊慕東坡以鐵拄杖為樂全生日之壽今以

大銅瓶上判府待制庚幾因物以露區區且作詩

二首將之亦東坡故事

要學東坡壽樂全此瓶端合供儒先鐵如意畔無憂畏

玉唾壺旁耐歲年項似董宣真是强腹如邊孝故應便

與公剩貯為霖水不羨宫門承露仙

不與觀音伴柳枝要令奇相解公頤會逢白氏編書日

猶夢陶家貯粟時安用作盤供歃血也勝為缽困催詩

千年秀結重重緑長映先生鬢與眉

又用韻春雪

急雪催詩興未闌東風肯奈鳥烏寒最憐庾牖勤勤意更接飛花細細看連夜抛回三白瑞及時驚動五辛盤袁安久絶千人望春破還思綺一端

次韻邢子友

壯士如今懶莫妆尚思抽矢射旃頭不堪苦霧侵衰鬢稍喜和烟入戍樓萬里中原空費夢三春勝日偶成遊青松遠嶺偏驚眼薄晚闌干更少留

余識景純家弟出其詩見示喜其同臭味也輒用

大成黃字韻賦八句贈之

阿奴喜氣照人黃傳得新詩細作行可愛懸知似楊柳

忘憂不復待檳榔魏妝已獲崔昂譽摩詰仍推相國長

昌不少留東閣醉剩妝篇詠作歸裝

次韻景純道中寄大成

聞道歌行伏李紳古來賢守是詩人久欽樂廣懷披霧

一見周瑜勝飲醇海内期公黃閣老尊前容我白綸巾

佳篇咀嚼真堪飽此日何憂甑有塵

景純再示佳什殆無遺巧勉成二章一以報佳貺一以自貽

睆睆休嫌筋與紳如公本是九包人（來詩云還山終戴鹿皮巾）讀書只用三冬足學道從來一色醇太尉談辭揮玉麈侍中風韻更紗巾誰言上界多官府亦許散仙追後塵

諸公袞袞坐垂紳誰信北風欺得人遮眼讀書何用解發顔要酒可須醇（文選醇醴發顔）十年白社空看鏡萬里青天

一岸巾少待奇章到三日試將冠蓋拂埃塵

次韻家弟所賦

曹劉方駕信優為不廢東郊坐保釐投蚓問公逢老手聯珠及我媿連枝定知來者傾三歎共了流年費幾詩

瘀絜車斜敢將去樂天那畏一微之

次韻宋主簿

九折灣中萬斛舟怪公隨處得心休未應菊徑關心急聊為魚槎盡意留陸子舊蹤餘馬頂羊公遺碣見龜頭

遥知太白無多事醉裏詩成不待搜

用大成四桂坊韻贈令狐昆仲

鄉人洗眼看銀黄得桂連枝手尚香盛事固應傳雁塔

新詩不減住雞坊醍酥乳酪原同味羯末封胡更合堂

從此蔦俠門下客知名可但一揚方

陳叔易學士母阮氏挽詞二章

典刑奕奕照來今鶴髮魚軒汝水潯避地梁鴻不偕老

弄烏萊子若為心送喪忽見三千乘奉襚那聞五百金

婦德母儀俱不媿碑名知已託張林
去年披霧識儒先欲拜萱堂未敢前盧壼要傳紗幔業
王袁忽廢蓼莪篇秀眉隔夢黃壚裏落日驅風丹旐邊
佛子歸真定何處空令苦淚漲黃泉

侯處士女挽詞

疇昔翁才比太師固應生女作門楣人間似夢風旌出
佛子何之窣樹悲五百挽金空繐帳三千車乗忽荒陂
他年不共江流去突兀張林婦德碑

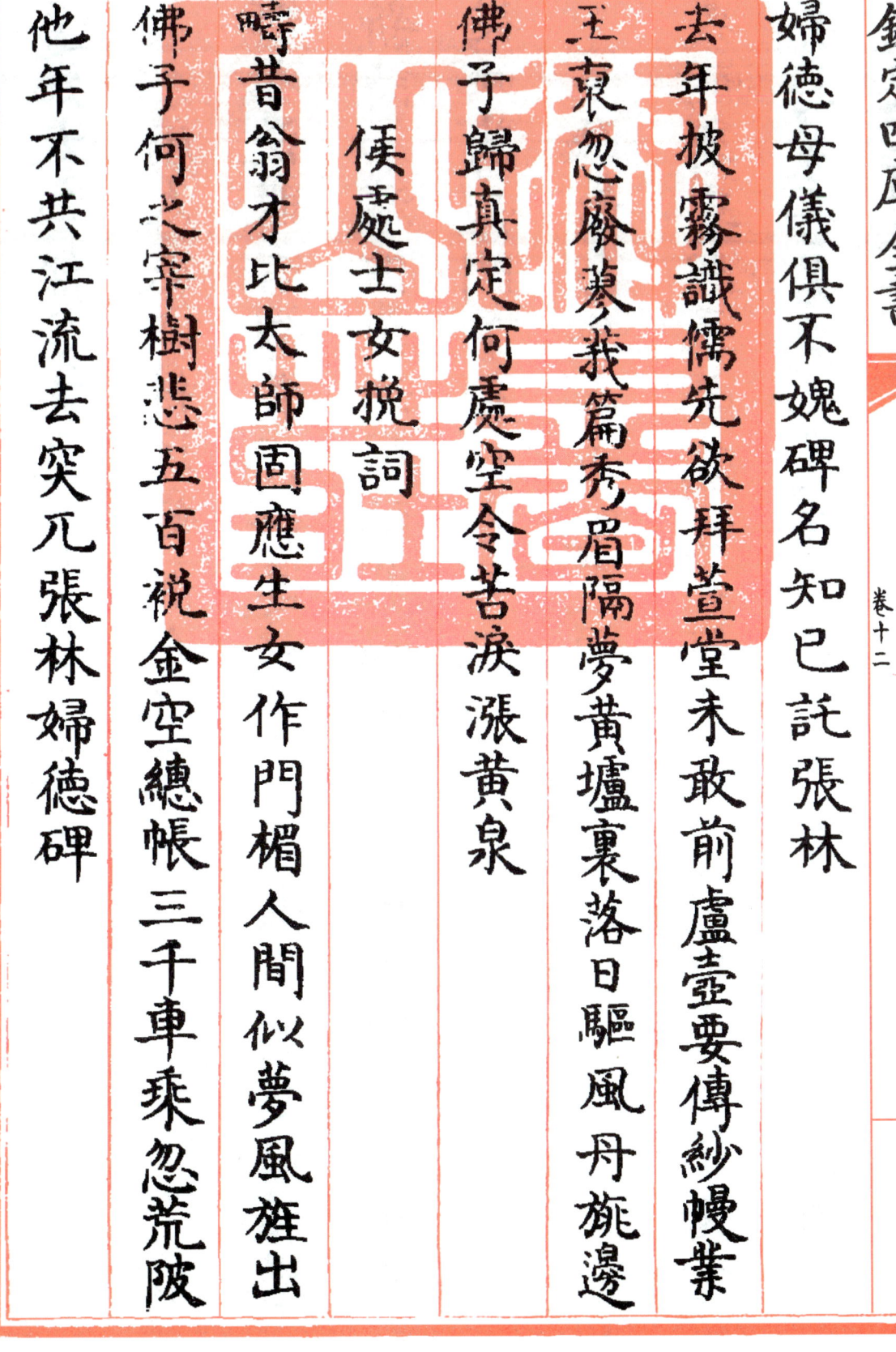

簡齋集卷十二

欽定四庫全書

簡齋集卷十三

宋　陳與義　撰

五言長律

道中書事

臨老傷行役驚輿歲月奔客愁無處避世事不堪論白道含秋色青山帶雨痕壞梁斜鬬水喬木密藏村易破還家夢難招去國魂一身從白首隨意答乾坤

感事

喪亂那堪說干戈竟未休公卿危北顧江漢故東流風斷黃龍府雲移白鷺洲云何舒國步持底副君憂世事非難料吾生本自浮菊花紛四野作意為誰秋

晚晴野望

洞庭徽雨後涼氣入綸巾水底歸雲亂蘆從返照新遥汀横薄暮獨鳥度長津兵甲無歸日江湖送老身悠悠只倚杖悄悄自傷神天意蒼茫裏村醪亦醉人

五言絶句

同家弟賦蠟梅詩得四絶句

朱朱與白白著意待春開那知洞房裏已傍額黄來

韻勝誰能舍色莊那得親朝陽一映樹到骨不留塵

黄羅作廣袂絳紗作中單人間誰敢著留得護春寒

一花香十里更值滿枝開承恩不在貌誰敢鬬香來

蠟梅四絶

花房小如許銅剪黄金塗中有萬斛香與君細細輸

來從底處所黄露滿衣濕緑憨翻得憐亭亭倚風立

奕奕金仙面排行立曉晴殷勤夜來雪少佳作珠瓔

亭亭金步摇朝日明漢宫當時好光景一似此園中

題持約畫軸

日落川更闊烟生山欲浮舟中有閑地載我得同遊

梅花兩絶句

客行滿山雪香處是梅花丁寧明月夜認取影横斜

曉曉青脈脈玉面立疎籬山中爾許樹獨自費人詩

正月十六日夜二絶

正月十六夜竹籬田父家明月照樹影滿山如龍蛇

二更風薄竹悲吟連夜分村西遮餘韻應勝此閒閧

出山二首

陰巖不知晴路轉見朝日獨行修竹盡石崖千丈碧

山空樵斧響隔嶺有人家日落潭照樹川明風動花

入山二首

出山復入山路隨溪水轉東風不惜花一暮靚開徧

都迷去時路策杖烟漫漫微雨洗春色諸峯生晚寒

與夏志宏孫信道張巨山同集澗邊以散髮巖岫

為韻賦四小詩

哦詩谷虛響微步下巖半披叢澗影揺集鳥紛然散

亂石披沙淺水紋如紺髮馳暉忽西没林光相映發

舉頭山圍天濯足樹映潭山中記今日四士集空巖

張子卧石榻夏子理泉竇孫子獨不言搘頤數烟岫

衡岳二首

城中望衡山浮雲作飛蓋揭來巖谷遊卻在浮雲外

危亭見上方林壑帶残陽今日豈無恨重遊卻味長

絶句

野鴨飛無數桃花濕滿枝竹輿鳴細雨山客有新詩

九日示大圓洪智

自得休心法悠然不賦詩忽逢重九日無耐菊花枝

九月八日戲作兩絶句示妻子

今夕知何夕都如未病時重陽莫草草剩作幾篇詩

小甕今朝熟無勞問酒家重陽明日是何處有黃花

六言絶句

六言二首

莫賦瀰松鬱鬱但吟陂麥青青為婦讀劉伶傳教兒書甯戚經

種竹可倖千户擁書不假百城何必思之爛熟熱官無用分明

題顔持約畫水墨梅花

未央宫裏紅杏羯鼓三聲打開大庾嶺頭梅蕚管城呼
上屏來
不見梅花
荆楚歲時經盡今年不見梅花想得蒼烟玉立都藏江
上人家
七言絶句
襄邑道中
飛花兩岸照船紅百里榆隄半日風卧看滿天雲不動

不知雲與我俱東

和張矩臣水墨梅五絶

巧一作刻畫無鹽醜不除此花風韻更清姝從教變白能為黑桃李依然是僕奴

病見昏花已數年只應梅蘂故依然誰教也作陳元面眼亂初逢未敢憐

粲粲江南萬玉妃別來幾度見春歸相逢京洛渾依舊惟恨緇塵染素衣

含章簷下春風面造化功成秋兔毫意足不求顔色似

前身相馬九方臯

自讀西湖處士詩年年臨水看幽姿晴牕畫出横斜影

絶勝前村夜雪時

梅花

高花玉質照窮臘破雪數枝春已多一時傾倒東風意

桃李争春奈晚何

題畫兔

碎身鷹犬懟何忍埋骨詩書事亦微霜落深林可終歲

雄雌暖日莫忘機

秋夜

中庭淡月照三更白露洗空河漢明莫遣西風吹葉盡

卻愁無處著秋聲

跋外祖存誠子帖

亂眼龍蛇起平陸後身義獻已黃壚客來空認袁公額

淚盡懟無楊惲書

詠蟹

量才不數鱉魚額四海神交顧長康但見橫行疑是躁

不知公子實無腸

中年道中二首

雨意欲成還未成歸雲卻作伴人行依然壞郭中牟縣

千尺浮屠管送迎

楊柳招人不待媒蜻蜓近馬忽相猜如何得與涼風約

不共塵沙一併來

清明二首

街頭兒女雙髻鴉隨風趁蜨學天邪東風也作清明節開徧來禽一樹花

卷地風拋市井聲病扶危坐了清明一簾晚日看收盡楊柳微風百媚生

春日二首

朝來庭樹有鳴禽紅緑扶春上遠林忽有好詩生眼底安排句法已難尋

憶看梅雪縞中庭轉眼桃梢無數青萬事一身雙鬢髮
竹牀敧枕數窻欞

柳絮

柳送腰肢日幾迴更教飛絮舞樓臺顛狂忽作高千丈
風力微時穩下來

秋試院將出書所寓𥨊

門前柿葉已堪書弄鏡燒香聊自娛百世窻明窻暗裡
題詩不用著工夫

秋日

琢句不成添鬢絲且揞笻杖看雲移槐花落盡金林緑
光景渾如初夏時

次何文縝題顔持約畫水墨梅花韻二首

牕間光景晚來新半幅溪藤萬里春從此不貪江路好
賸拋心力喚真真

奪得斜枝不放歸倚牕承月看熹微墨池雪嶺春俱好
付與詩人說是非

為陳介然題持約畫

層層水落白灘生萬里征鴻小作程日落微風過荷葉陂南陂北聽秋聲

九日宜春苑午憩幕中聽大光誦宋廸功詩

酒酣耳熱不成歌奈此一川黃菊何卧聽西風吹好句老天無恨幕生波

西省酴醿架上殘雪可愛戲同王元忠席大光賦詩

酴醾花底當年事夜雪糢糊照酒闌北省今朝枝上雪
還揩病眼作花看

賓園醉中前後五絶句

東風吹雨小寒生楊柳飛花亂晚晴客子從今無可恨
賓家園裏有鶯聲
海棠脈脈要詩催日暮紫緜無數開欲識此花奇絶處
明朝有雨試重來
不見海棠相似人空題詩句滿花身酒闌卻度荒陂去

驅使風光又一春

三月碧桃驚動人滿園光景一時新賸傾老子尊中玉

折盡繁枝不要春

一尊相屬莫辭空報答今朝吹面風自唱新詩與明月

碧桃開盡雨聲中

　宴坐之地蘧篨覆之名曰篷齋

不知塵世了三冬旋作篷齋待朔風會有打牕飛急雪

地爐孤坐策奇功

鄧州西軒書事十首

小儒避地南征日皇帝行天第一春走到鄧州無脚力桃花初動雨留人

千里空攜一影來白頭更著亂蟬催書生身世今如此倚徧周家十二槐

尾屋三間寛有餘可憐小陸不同居易求蘇子六國印難得河橋一字書

莫嫌啖蔗佳境遠橄欖甜苦亦相并都將壯節共辛苦

準擬殘年看太平

皇家卜年過周歷變故未必非天仁東南鬼火成何事

終待邊烽作争臣

楊劉相傾建中亂不待白首今同歸只今將相須廉藺

五月并門未解圍

不須夜夜看太白天地景氣今如斯始行蟜蚌相攻策

可惜中原見事遲

詔書憂民十六事父老祝君一萬年白髮書生喜無寐

從今不仕可歸田

范公深憂天下日仁祖愛民全盛年遺廟只今香火冷

時時風葉一騷然

諸葛經行有夕風千秋天地幾英雄弔古不須多感慨

人生半夢半醒中

簡齋集卷十三

欽定四庫全書

簡齋集卷十四

宋 陳與義 撰

七言絶句

縱步至董氏園亭二首

槐葉層層新緑生客懷依舊不能平自移一榻西牕下要近叢篁聽雨聲

客子今年馳褐寬鄧州三月始春寒簾鉤挂盡蒲團穩

十丈虚庭借雨看

香林四首

絶愛公家花氣新一林清露百般春是中宴坐應容我

只恐微風喚起人

丈人延客非俗物百和香中進一杯乞取齊奴錦步障

與春遮斷曉風來

誰見繁香度牖時碧天残月映花枝故應撩我題新句

壓倒韋郎宴寢詩

簡齋居士不飲酒一入香林更不醒驅使小詩酬曉露
絶勝辛苦廣騷經

夏夜二首

虚庭散策晚凉生斟酌星河亦喜晴不記牆西有修竹
夜風還作雨來聲
待到天宫放月時東家喬柏兩蚪枝懸知滿地踈陰處
不及遥看突兀奇

同繼祖民瞻遊賦詩亭二首

邂逅今朝一段奇從來華屋不關詩諸公且作留連意
正是微風到竹時
浩浩白雲溪一色冥冥青竹鳥三呼只今那得王摩詰
畫我凭闌覔句圖

題繼祖蟠室三首

雲起鑪山久未移功名不恨十年遲日斜踈竹移窻影
正是幽人睡足時
萬卷吾今一字無打包借處野僧如短檠未盡殊年典

欲問班生借賜書
中興天子要人才當使生擒頡利來正待吾曹紅抹額
不須辛苦學顏回

有感再賦

憶得甲辰重九日天恩曾預宴城東龍沙此日西風冷
誰折黄花壽兩宫

坐澗邊石上

三面青山圍竹籬人間無路訪安危扶笻共坐槎牙石

澗水悲鳴無歇時

採菖蒲

閒行澗底採菖蒲千歲龍蛇抱石臞明朝卻覓房州路

飛下山巔不要扶

晚望信道立竹林邊

修竹林邊烟過遲幅巾藜杖立疎籬恨無顧陸同攜手

寫取孫郎覓句時

醉中至西徑梅花下已盛開

梅花亂發雨晴時褪盡紅綃見玉肌醉中忘却頭邊雪

橫插繁枝歸竹籬

和王東卿絶句四首

少時走馬洛陽城今作江邊瓶錫僧説與虎頭須畫我

三更月裏影崚嶒

來日安榴花尚稀壓牆丹實已垂垂何時著我扁舟尾

滿袖西風信所之

只今當代功名手不數平生粥飯僧獨立江風吹短髮

暮雲千里倚崚嶒

平生不得吟詩力空使秋霜入鬢垂太岳峯前滿尊月

為君聊復一中之

又登岳陽樓

岳陽樓前丹葉飛闌干留我不思歸洞庭鏡面平千里

卻要君山相發揮

除夜

萬里江湖憔悴身鬖鬖街鼓不饒人只愁一夜梅花老

看到天明付與春

火後借居君子亭書事四絶呈粹翁

天公惡劇逐翻新賴是今年有主人君子亭中眠白晝

燕公樓上眺青春

祝融回禄意佳哉挽我梅花樹下來一夜東風不知惜

月明滿樹十分開

斫竹和梢編作籬微風如在竹林時無人來訪龐居士

晚日踈陰光陸離

入山從此不須深君子亭中人不尋青竹短籬圍畫静梅花兩樹照春陰

用前韻再賦四首

西園芳氣雨餘新喚起庭中入定人為報使君多釀酒梅花落盡不關春

揚州雲氣鬱佳哉百慮方横吉語來卻看詩書安穩在竹籬陰裏得時開

危樓只隔一重籬誰見扶筇獨上時如許江山嬾搜句

燕公應笑我支離

欲識道人門徑深水仙多處試來尋青裳素面天應惜

乞與西園十日陰

二十一日風甚明日梅花無在者獨紅萼留枝間

可愛

昨日梅花猶可攀今朝殘萼便斕斑羣仙已御東風去

總脫絳袂留林間

春寒

二月巴陵日日風春寒未了怯園公海棠不惜胭脂色
獨立濛濛細雨中

次韻傅子文絶句

風雨門前十日泥荒街相伴只筇枝從今老子都無事
落盡園花不賦詩

周尹潛雪中過門不我顧遂登西樓賦詩見寄次
韻謝之三首

晴窓飛雪偃幽聽起覓新詩自啟扃不覺高軒牆外過

貪看萬鶴舞中庭

堪笑臞仙也耐寒飛花端合上樓看深知壯觀增詩律

洗盡元和到建安

敲門俗子令我病面有三寸康衢埃風饕雪虐君馳去

蓬户那無酒一杯

城上晚思

獨凭危堞望蒼梧落日君山如畫圖無數柳花飛滿岸

晚風吹過洞庭湖

尋詩兩絶句

楚酒困人三日醉園花經雨百般紅無人畫出陳居士

亭角尋詩滿袖風

愛把山瓢莫笑儂愁時引睡有奇功醒來推户尋詩去

喬木崢嶸明月中

五月二日避貴寇入洞庭湖絶句

鼓發嘉魚千面雷亂帆和雨向湖開何妨南北東西客

一聽湘妃瑶瑟來

雨中

雨打船蓬聲百般白頭當夏不禁寒五湖七澤經行徧
終憶吾鄉八節灘

閏八月十二日過奇父共坐翠實軒賞水犀花玲
瓏滿枝光氣動人念風日不貸此花無五日香矣
而王使君未之知作小詩報之
清露香浮黃玉枝使君未到意低迷極知有日交銅虎
可使無情向水犀

再賦二首呈奇父

國香熏坐先生醉秋葉藏花客子迷馳使晚風同勝地
東軒不用鎮帷犀
香過東園花一枝尋花覓路忽成迷先生莫謂心如鐵
喜氣朝來横角犀

十三日再賦二首其一以贊使君是日對花賦此
韻詩落筆縱横而郡中修水戰之具方大閱于燕
公樓下也其一自叙所感憶年十五在杭州始識

此花皆三丈高未嘗賦詩

我丈風流元祐枝晴軒雨雹筆端迷從容文武一時了

賦罷木犀觀水犀

武林曾識最高枝百感重逢歲月迷向日壁殘須彩鳳

如今執盾要文犀

兩絕句

西風吹日弄晴陰酒罷三更湖海深岳陽樓上登高節

不負南來萬里心

二士相隨風滿巾雨禪同隊景彌新但得黃花不牢落
莫嫌驚倒岳州人

初識茶花

伊軋籃輿不受催湖南秋色更佳哉青裙玉面初相識
九月茶花滿路開

衡岳

客子山行不覺風龍吟虎嘯滿山松綸巾一幅無人識
勝業門前聽午鐘

跋江都王畫馬

天上房星空不動人間畫馬亦難逢當年筆下千金鹿

此日𢗅間八尺龍

與王子煥席大光同遊廖園

三枝筇竹興還新王丈席兄俱可人僑立司州溪水上

吟詩把酒對青春

除夜次大光韻大光是夕婚

一杯節酒莫留殘坐看新年上鬢端只恐梅花明日老

夜瓶相對不知寒

除夜不寐飲酒一杯明日示大光

萬里鄉山路不通年年佳節百憂中催成客睡須春酒老

案此下原本缺

甘棠道中

筍輿凝石一悠然正月微風意已便桃花向來渾不數

山中時見絶堪憐

將至杉木鋪望野人居

春風漠漠野人居若使能詩我不如數株蒼檜遮官道
一樹桃花映草廬

羅江二絶

荒村終日水車鳴陂北陂南共一聲洒面風吹作飛雨
老夫詩到此間成
山翁見客亦欣然好語重重意不傳行過竹籬逢細雨
眼明雙鷺立青田

題水西周三十三壁二首

下管先生巾欲推雨中艇子便樸開青山隔岸迎人去
白鷺銜烟送酒來
周子篘中早得春喚人同度一溪雲貪看雨歇前峯變
不覺斟時已十分

簡齋集卷十四

欽定四庫全書

簡齋集卷十五

宋　陳與義　撰

七言絶句

寄大光二絶句

心折零陵霜入鬢更修短札問何如江湖不是無來雁

只慣平生作報書

芭蕉急雨三更鬧客子殊方五月寒近得會稽消息否

稍傳荆渚路歧寛

村景

黄昏吹角閙呼鬼清曉持竿看牧鵝鼊上樓時桑葉少水鳴車處稲苗多

偶成

詠議遺蹤尚可望曳裾不必效鄒陽但修天爵要人爵始信書堂即玉堂

水車

江邊終日水車鳴我自生平愛此聲風月一時都屬客
杖藜聊復寄詩情

山居二首

點檢行年書閥閱山中共賦幾篇詩如今未有驚人句
更待秋風生桂枝

宅圖不必煩秋令已卜東坡澗水邊更與我為燒藥竈
只愁君要買山錢

拜詔

紫陽山下闡皇牒地藏階前拜詔書乍脱緑袍山色翠
新披紫綬佩金魚

别諸州二首

風送孤蓬不可遮山中城裏總非家臨行有恨君知否
不見籬前稲著花
隴雲知我欲船開飛過江東還復回不似周顒趨闕去
山靈應許卻歸來

題向伯恭過峽圖二首

旌旗翻日淮南道輿罷歸來雪滿船正有佛光無處著
獨將佳句了山川
過峽新圖世所傳峽中尤說泛舟仙柱天勲業須君子
借我茅齋看十年
題趙少尹青白堂三首
小謝為州不廢詩庭中草木有光輝一林風露非人世
更著梅花相發揮
使君堂上無俗客白白青青兩勝流添得吟詩老居士

千年一笑澤南州
雪裏芭蕉摩詰畫炎天梅蘂簡齋詩他時相見非生客
看倚琅玕一段奇

石限病起

幽人病起山深處小院鵶鳴日午時六尺屛風遮宴坐
一簾細雨獨題詩

戲大光送酒

折得嶺頭如玉梅對花那得欠清杯不煩白水真人力

便有青州從事來

次韻大光五羊待耿伯順之作

康州艇子來不急過岸櫓聲空復長百尺樓頭堪望遠

淡烟斜日晚荒荒

和大光道中絶句

已費天公十日晴今朝小雨送潮生轉頭雲日還如錦

一抹葱瓏畫不成

又和大光

寂寂孤村竹映沙檳榔迎客當煎茶嶺南二月無桃李夾路松開黄玉花

雨中宿靈峯寺

雁蕩山中逢晚雨靈峯寺裏借繩牀只應護得綸巾角還費高僧一炷香

王孫嶺

已過長溪嶺更危伏龍莽莽向川垂斜陽照見林中石記得南山隱去時

梅花二首

鐵面蒼髯洛陽客玉顏紅領會稽仙街頭相見如相識

恨滿東風意不傳

畫取維摩室中物小瓶春色一枝斜夢回映月牕間見

不是桃花與李花

題伯時畫溫溪心等貢五馬

漠漠河西塵幾重年來畫馬亦難逢題詩記著今朝事

回看聯翩五匹龍

題畫

分明樓閣是龍門亦有溪流曲抱村萬里家山無路入

十年心事與誰論

題崇蘭圖二首

兩公得我色敷腴藜杖相將入畫圖我已夢中多識路

秋風舉袂不踟躕

奕奕天風吹角巾松聲水色一時新山林從此不牢落

照影溪頭共六人

與智老天經夜坐

殘年不復徙他鄉長與兩禪同夜缸坐到更深都寂寂雪花無數落天牕

觀雪

無住菴前境界新瓊樓玉宇總無塵開門倚杖移時立我是人間富貴人

題俞秀才所藏江參山水横軸二首

卷中袞袞溪山出筆下明明開闢初不肯一禪為婦計

俞郎作意未全疎

萬壑分烟高復低人家隨處有柴扉此中只欠陳居士

千仞岡頭一振衣

梅花

一枝斜映佛前燈春入銅壺夜不氷昔歲曾遊大庾嶺

今年聊作小乘僧

櫻桃

四月江南黄鳥肥櫻桃滿市粲朝暉赤英盤裏雖殊遇

何似筠籠相發揮

葉梅惠花

無主卷中老居士逢春入定不銜杯文殊關　俱拱手

今日花枝喚得回

牡丹

一自邊塵入漢關十年伊洛路漫漫青墩溪畔龍鍾客

獨立東風看牡丹

盆池

三尺清池牕外開茨菰葉底戲魚回雨聲轉入浙江去雲影還從震澤來

松棚

黯黯當牕雲不驅不教風日到琴書只今老子風流地何似茅山陶隱居

玉堂儤直

庭葉瓏瓏曉更青斷雲度日照寒廳只因未上歸田奏貪誦楞伽四卷經

晨起

寂寂東軒晨起遲朦朧草木暗疎籬風來衆緑一時動正是先生睡足時

芙蓉

白髮飀蕭一病翁暮年身世樂瓢中芙蓉牆外垂垂發九月憑闌未怯風

徽雨中賞月桂獨酌

人間跌宕簡齋老天下風流月桂花一壺不覺叢邊盡

暮雨霏霏欲濕鴉

畫梅

蛾眉淡淡自成妝驛使還家空斷腸腊粉不施憔悴盡
失身未嫁易元光

竹

高枝已約風為友密葉能留雪作花昨夜常娥更瀟灑
又擕踈影過牕紗

長沙寺桂花重開

天遣幽花兩度開黄昏梵放此徘徊不教居士卧禪榻
㸃出西廂共看來

和若拙弟得陪遊後園二首

西園冠蓋坐生風更欲長繩繫六龍惟有病夫能省事
北隐三友是過從
壯夫三箭功名手儒士百篇藜莧腸莫道人人握珠玉
應須字字挾風霜

季高送酒

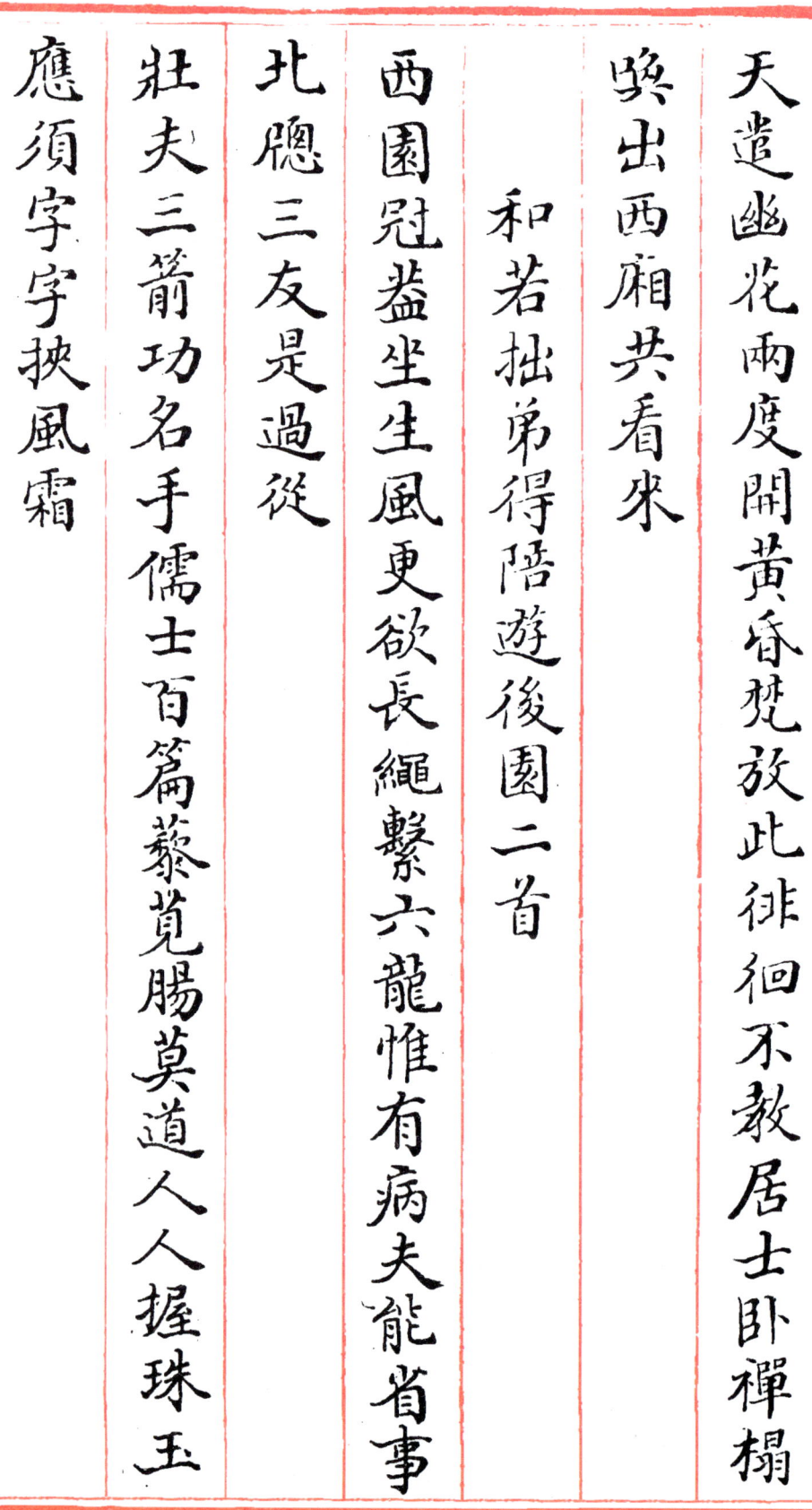

自接𧼈生蓬户外便呼伯雅竹牀頭真逢幼婦著黄絹

直遣從事到青州

墨戲二首

鄂州遷客一花説仇池老仙五字銘併入晴牕三昧手

不須辛苦讀騷經

右蘭

人間風露不到晩只有酪奴無世塵何須更待秋風至

蕭艾從來不共春

右蒽

上知府用家弟韻

萬里平生幾蛇足九州何路不羊腸只應緑士蒼官輩

御解從公到雪霜

與義以雨有嘉應遂占有秋輒採用家弟韻賦二

絶句少資勤恤之誠也（案此二絶句當亦是上知府之作而編録者缺書）

雲氣初看龍起湫雨聲旋聽樹驚秋已教農父歌田守

更遣虞人信魏侯（此蒙宿戒遊富家池明日微雨猶不廢出故有是句）

紀德刋碑不厭豐龍眠深洞一言通坐看緑浪揺千里
拔薤栽榆未當功

梅

愛歌纖影上牕紗無限輕香夜遶家一陣東風濕殘雪
強將嬌淚學梨花

送人歸京師

門外子規啼未休山村日落夢悠悠故園便是無兵馬
猶有歸時一段愁

賦康平老銅雀硯

鄴城臺殿已荒凉依舊山河滿夕陽瓦礫卻饒今日硯似教人世寫興亡

和顏持約

半篙寒碧秋垂釣一笛西風夜倚樓多少巫山舊家事老來分付水東流

早行

露侵駝褐曉寒輕星斗闌干分外明寂寞小橋和夢過

稻田深處野蟲鳴

簡齋集卷十五

欽定四庫全書

簡齋集卷十六

宋　陳與義　撰

無住詞

法駕導引

世傳頃年都下市肆中有道人攜烏衣椎髻女子買斗酒獨飲女子歌詞以侑凡九闋皆非人世語或記之以問一道士道士驚曰此赤城韓

夫人所製水府蔡真君法駕導引也烏衣女子

疑龍云得其三而亡其二擬作三闋

朝元路朝元路同駕玉華君千乘載花紅一色人間遥

指是祥雲回望海光新

東風起東風起海上百花揺十八風鬟雲半動飛花和

雨著輕綃歸路碧迢迢

簾漠漠簾漠漠天淡一簾秋自洗玉舟斟白醴月華微

映是空舟歌罷海西流

虞美人

亭下桃花盛開作長短句詠之

十年花底承朝露看到江南樹洛陽城裏又東風未必

桃花得似舊時紅　胭脂睡起春纔好應恨人空老心

情雖在只吟詩白髮劉郎孤負可憐枝

憶秦娥

五日移舟明山下作

魚龍舞湘君欲下瀟湘浦瀟湘浦興亡離合亂波平楚

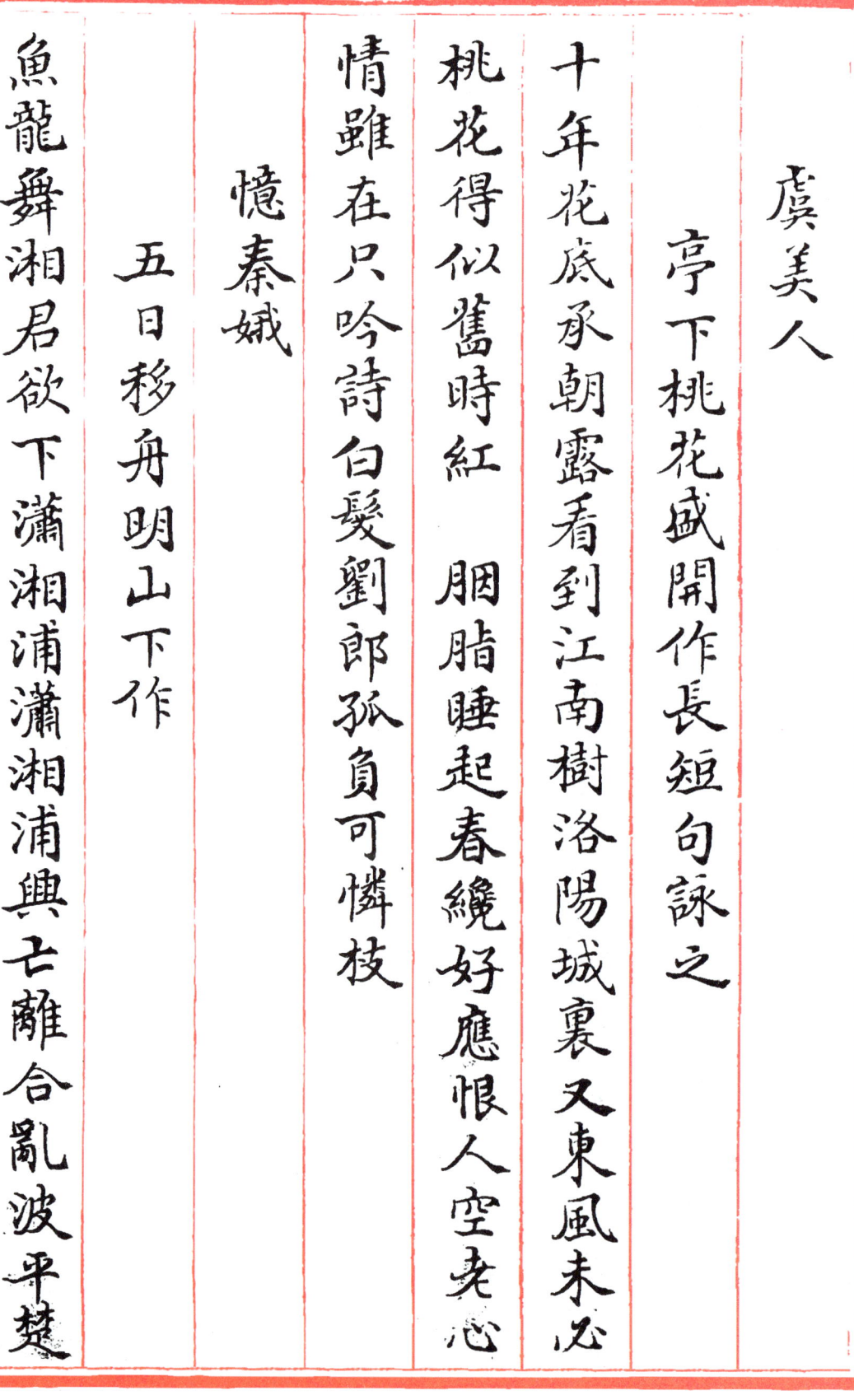

獨無尊酒酬端午移舟來聽明山雨明山雨白頭孤客洞庭懷古

臨江仙

前題

高詠楚詞酬午日天涯節序怱怱榴花不似舞裙紅無人知此意歌罷滿簾風　萬事一身傷老矣戎葵凝笑牆東酒杯深淺去年同試澆橋下水今夕到湘中

虞美人

大光祖席醉中賦長短句

張帆欲去仍搔首更醉君家酒吟詩日日待春風及至桃花開後卻忽忽　歌聲頻為行人咽記著尊前雪明朝酒醒大江流滿載一船離恨向衡州

點絳唇

紫陽寒食

寒食今年紫陽山下蠻江左竹籬烟鎖何處求新火不辭鄉音只怕人嫌我愁無那短歌誰和風動梨花朶

虞美人

邢子友會上

超然堂上閒賓主不受人間暑冰盤圍坐此州無卻有

一瓶和露玉芙蕖　亭亭風骨涼生牖消盡尊中酒酒

闌明月轉城西照見紗巾藜杖帶香歸

漁家傲

福建道中

今日山頭雲欲舉青蛟素鳳移時舞行到石橋聞細雨

聽還住風吹卻過溪西去　我欲尋詩寬久旅桃花落盡春無所渺渺籃輿穿翠楚悠然處高林忽送黃鸝語

虞美人

予甲寅歲自春官出守湖州秋杪道中荷花無復存者乙卯歲自瑣闥以病得請奉祠卜居青墩鎮立秋後三日行舟之前後如朝霞相映望之不斷也以長短句記之

扁舟三日秋塘路平度荷花去病夫因病得來遊更值

滿川微雨洗新秋　去年長恨挐舟晚空見殘荷滿今
年何以報君恩一路繁花相送到青墩

浣溪沙

離杭日梁仲謀惠酒極清而美七月十二日晚
卧小閣已而月上獨酌

送了棲鴉復暮鐘欄干生影曲屏東卧看孤鶴駕天風
起舞一尊明月下秋空如水酒如空謫仙已去與誰
同

玉樓春

青墩僧舍作

山人本合居巖嶺聊問支郎分半境殘年藜杖與綸巾

八尺庭中時美影添呼兒汲水添茶鼎甘勝吳山山下

井一甌清露一爐雲偏覺平生今日永

清平樂

木犀

黃衫相倚翠葆層層底八月江南風日美美影山腰水

尾　楚人未識孤妍離騷遺恨千年無住菴中新事一枝唤起幽禪

定風波

重陽

九日登高有故常隨晴隨雨一傅觴多病題詩無好句孤負黄花今日十分黄　記得眉山文翰老曾道四時佳節是重陽江海滿前懷古意誰會闌干三撫獨凄凉

菩薩蠻

荷花

南軒面對芙蓉浦宜風宜月還宜雨紅少綠多時簾前光景奇　繩牀烏木几盡日繁香裏睡起一篇新與花為主人

南柯子

塔院僧閣

矯矯千年鶴茫茫萬里風闌干三面看秋空背插浮屠千尺冷烟中　林鳩村村暗溪流處處通此間何似玉

霄峯遥望蓬萊依約曉雲東

臨江仙

夜登小閣憶洛中舊遊

憶昔午橋橋上飲坐中多是豪英長溝流月去無聲杏花踈影裏吹笛到天明　二十餘年如一夢此身雖在堪驚閑登小閣看新晴古今多少事漁唱起三更

簡齋集卷十六

總校官進士臣程嘉謨
校對官編修臣羅修源
謄錄監生臣吳　鎬

圖書在版編目（CIP）數據

簡齋集 / (宋) 陳與義撰. — 北京：中國書店, 2018.8
ISBN 978-7-5149-2103-8

Ⅰ. ①簡… Ⅱ. ①陳… Ⅲ. ①宋詩－詩集 Ⅳ. ①I222.744.1

中國版本圖書館CIP數據核字(2018)第084835號

四庫全書·別集類

簡齋集

作者　宋·陳與義 撰
出版發行　中國書店
地址　北京市西城區琉璃廠東街一一五號
郵編　一〇〇〇五〇
印刷　山東潤聲印務有限公司
開本　730毫米×1130毫米　1/16
印張　22.75
版次　二〇一八年八月第一版第一次印刷
書號　ISBN 978-7-5149-2103-8
定價　八六　元